Tutta colpa di Joker

ELLA HOPE

Tutta Colpa di Joker

Coordinamento editoriale a cura di Jessica Santi per Accademia della scrittura
Impaginazione grafica a cura di Sara Maestri per Accademia della scrittura

Per l'immagine di copertina: Aly Graphic
Elaborazione immagine: shutterstock.com
Immagini su licenza

Se non puoi farlo con passione, non farlo!
Patsy Cline

Ai miei figli, che danno senso a ogni giorno della mia vita.
E a mio marito, che riesce sempre a toccare le corde giuste
per farmi essere ciò che voglio diventare...
Ella

PROLOGO

A Napoli il semaforo rosso non è un divieto, è un consiglio.

Luciano De Crescenzo

Eccomi qui, alla fermata della stazione di piazza Garibaldi a Napoli, intenta ad aspettare l'arrivo di Max con una pazienza che mai mi ha contraddistinta. Con il passare del tempo ho preso coscienza del fatto che, se la mia vita dipendesse dal suo tempismo, sarei fottuta; ma per fortuna questa è solo un'ennesima serata assieme, quindi posso tirare un sospiro di sollievo, almeno per il momento.

Devo ammettere però che Max è proprio un bravo ragazzo. Mi ricordo di quella volta che, volendomi fare una sorpresa, decise senza dirmelo di aggiornare il sistema e fare un po' di pulizia nella cache, poiché mi vedeva avvilita dalla lentezza del mio pc.

Cancellò per errore la presentazione che stavo preparando da più di un mese e che avrei dovuto esporre il giorno dopo dinnanzi al CdA della società. Quando lo scoprii dovetti riprendere in mano il collage di informazioni, grafici e considerazioni scritte nel mio block notes. Cercai di tamponare il disastro come potevo. Risultato? Dopo quella esposizione fallimentare, il Dottore, nostro capo, s'imbufalì e lo vidi per la prima volta trasformarsi nella versione partenopea di Hulk. Non fu un bello spettacolo. Ma il peggio doveva ancora venire: alla fine della riunione, si precipitò verso di me urlandomi che cazzo di presentazione avevo preparato, e aggiungendo un commento al vetriolo. Mi disse inoltre di vergognarmi. Ricordo che abbassai lo sguardo intimorita e che Max cercò di intervenire per assumersene la responsabilità, al che il Dottore gli rispose che ammirava la sua volontà di difendere le sue sottoposte, ma non doveva azzardarsi a interferire con i richiami fatti da lui alle dipendenti inette. Inetta? *Costui non sa quello che dice*, pensai.

La sera, per farsi perdonare, Max mi fece trovare fuori dalla porta cento rose rosse con un bigliettino "Scusami, mi dispiace" su ogni gambo. E lui seppe trovare anche un altro modo per farsi perdonare del tutto, se ci ripenso sorrido ancora...

Che dire, Max è bello, sensibile, educato, dal carattere tranquillo ma carismatico, questi sono solo alcuni degli aggettivi che contraddistinguono quest'uomo fantastico che è ancora in ritardo.

D'altronde un difetto dovrà pur averlo, altrimenti potrebbe essere solo un'illusione creata dalla mia mente, e francamente risulterebbe un po' imbarazzante andare a letto con un uomo immaginario, soprattutto alla mia età.

Secondo l'orologio sono trascorsi ormai quindici minuti dal mio arrivo.

«Amore».

Max interrompe le mie farneticazioni arrivandomi alle spalle, mi fa voltare e ci baciamo.

«Finalmente!», esclamo staccandomi dalle sue labbra.

«Pensavo che ti avessero rapito gli alieni, o peggio che la Circumvesuviana fosse di nuovo in ritardo».

«Allora Signorina Caracciolo, è pronta per la sorpresa?», glissa con aria impaziente, come un bambino la notte della Vigilia.

«Prontissima», rispondo per quieto vivere. Non mi piacciono le sorprese, ma non voglio mortificarlo. E poi, lo ammetto, sono un po' curiosa.

Mi prende per mano e attraversiamo la strada. Imbocchiamo un vicolo illuminato solo da due lampioni e superiamo una fila di palazzi in muratura. I balconi sono inesistenti e c'è un unico ballatoio in comune per stendere i panni. Solo a Napoli questo gesto dalle origini antiche diventa un momento di aggregazione e convivialità. Sono queste piccole cose che rendono speciali le persone che vivono in questa città.

Mi guardo in giro confusa: «Ma dove mi hai portato, nella location del film *Io speriamo che me la cavo*?».

«Non essere supponente», mi rimprovera in modo amorevole. «Guarda bene», indica l'ultimo fabbricato. «Vedi l'edificio rosso fatto di mattoni di tufo con le ammodernature pregiate?»

«Quello con l'arco all'ingresso?».

«Becca, non credi sia perfetto?», mi domanda lui.

Perfetto per cosa, per girarci la nuova serie di Gomorra? Forse è meglio optare per un fidanzato ologramma, se quello reale ha dei gusti così aberranti in campo immobiliare.

Annuisco perplessa e lo seguo su per le scale poiché, ovviamente, non si può deturpare uno stabile d'epoca con un ascensore. Ancora non mi è chiara la sorpresa, ma confido che prima o poi capirò di cosa si tratti.

Raggiungiamo l'interno 12 e ci puliamo le scarpe su un grazioso zerbino a forma di gatto arrotolato.

Max sfila dalla tasca un mazzo di chiavi con un ciondolo che recita "casa dolce casa", ma non credo si riferisca a questa, o perlomeno lo spero.

Invece lo vedo inserire le chiavi nella toppa, girarle nella serratura e...

«Non capisco perché non ci riesco, come mai è così dura da aprire? Ieri con Michele si è aperta subito», borbotta.

Servirebbe un po' di Svitol, penso, ma lo tengo per me.

Dall'appartamento di fronte esce una signora: «Ragazzi avete bisogno di aiuto?»

«No, posso farcela», sbuffa Max, ancora intento ad armeggiare con la porta.

La signora attende al mio fianco e cinque minuti dopo siamo ancora al punto di partenza.

«Ok, provi lei», si arrende finalmente Max.

«Il problema non è la forza, caro ragazzo, ma l'astuzia. Queste vecchie porte si aprono tutte allo stesso modo, bisogna spingere un po' avanti e poi con un unico giro fare forza sulla chiave, *et voilà*, il gioco è fatto».

«Non so proprio come ringraziarla», chiosa lui.

Se c'è una cosa che amo di questa città è che nelle difficoltà non si è mai soli, di sicuro ci sarà sempre qualcuno che ti aiuterà a risolvere un problema.

Salutiamo la signora ed entriamo.

Dall'ingresso si vede uno specchio sul lato destro, grande quasi come tutta la parete. Sotto c'è una panca portaoggetti, perfetta per le borse, e a destra un appendiabiti con una libreria. *Devo ammettere che è davvero bellissimo*, rifletto ancora titubante.

A sinistra c'è la cucina, o meglio un piccolo angolo cottura con un mini-frigo, a destra il bio-camino con una parete attrezzata in finti mattoni, tv al plasma 40 pollici e ancora libri e spazi incastonati nelle pareti come portaoggetti. Di fronte, un divano ad angolo e una finestra fuori squadra enorme e luminosa, incorniciata in un infisso color miele.

Mi avvicino attratta come una falena da un bagliore e lo vedo: un panorama mozzafiato, da qui si vede tutta la piazza e una serie di palazzi che finiscono col tetto della stazione centrale.

Se sono in paradiso non svegliatemi!

«Ma si può sapere di chi è questo appartamento?», gli chiedo voltandomi.

«È tuo», risponde Max. «Se lo vorrai», aggiunge consegnandomi le chiavi.

«Cosa?!», esclamo incredula.

«Sì, siamo nella vostra nuova casa, tua e di Mia», precisa.

Sbatto le ciglia. «Mia non accetterà mai di vivere in questo quartiere».

«Perché no?», replica lui. «Guarda che è stata lei ad aiutarmi a organizzare la sorpresa per te, sapeva che ti sarebbe piaciuto questo appartamento. Qui è tutto più vicino, il suo lavoro e il nostro al centro direzionale, e poi ricordo che volevate andare via da quello studentato».

«Sì, ma...», cerco di oppormi però non mi vengono le parole. Max ha ragione, Mia e io stavamo pensando di spostarci, ma non è questo il punto. La sorpresa ha avuto su di me l'effetto di una profonda delusione.

«Un mio amico ha deciso di prendere in affitto una casa più grande», riprende Max, «e quando l'ho saputo ho fatto un'offerta al proprietario dandogli due rate di anticipo per bloccare l'appartamento. Ergo, dovete solo trasferirvi».

«Non puoi prendere una decisione del genere senza chiedere la mia opinione», obietto allibita.

Lui annuisce e abbassa lo sguardo a terra.

«Volevo solo esserti d'aiuto», mormora a un tratto, «per dimostrarti quanto sei importante per me e che c'è qualcuno che si prende cura di te».

«Non ne ho bisogno, Max».

«Non c'è spazio per gli altri nella tua vita, solo le tue scelte sono quelle giuste», replica in tono amaro. «Apri gli occhi, Rebecca, non esisti solo tu e non tutto ciò che fai è perfetto. Ma questa casa lo è: è carina, arredata, sostenibile dal punto di vista economico, ha una vista favolosa, è ad alcune fermate di metro dal lavoro di Mia e a circa un quarto d'ora di Circumvesuviana dal tuo. Volendo in una quarantina di minuti puoi raggiungere anche a piedi il nostro luogo di lavoro.

Ha tutto ciò che serve. Ho pensato che per voi non esistesse un posto migliore. Scusami se non è abbastanza, come al solito ho sbagliato. Io sbaglio sempre con te».

Per un momento la parte incazzata dentro di me vacilla: ha di nuovo ragione, ma non voglio dirlo perché decidendo per me mi ha comunque mancato di rispetto. E se non fossi stata d'accordo? E se avessi solo voluto trasferirmi da lui? Ma come faccio a dirglielo?

Perché non ha pensato che la soluzione migliore sarebbe stata quella di vivere insieme, visto che ormai ci frequentiamo da quasi un anno?

Faccio un lungo sospiro: «Non è vero Max, questa è una bugia bella e buona, lo sai quanto ti stimo, sia come persona che sul lavoro, è per questo che mi sono innamorata di te. Però non amo che le persone decidano al posto mio, o che non tengano in considerazione la mia opinione», aggiungo ricorrendo alla diplomazia.

«Lo sai che non potrei mai farti del male, volevo solo darti uno spazio confortevole, saperti al sicuro. La settimana prossima partirò, e ho pensato che trovare una casa accogliente per te e la tua migliore amica fosse il gesto più bello che potessi fare. Volevo anche ringraziarti perché senza di te non avrei accettato di andare. Pensaci, ti prego».

«Sì, ci penserò», dico e avvicinandomi gli sfioro le labbra con un bacio.

Quello che avrei voluto dirgli è di non andare a Milano, di rimanere qui, ma che persona sarei se tarpassi le ali all'uomo che amo? Di sicuro non quella che oggi guardo con stima allo specchio. Ho davvero fatto un casino come al solito, ho distrutto quello che Max ha fatto per me solo perché volevo una soluzione diversa da quella che lui mi ha trovato. O forse devo pensare che a parlare è la mia solita ansia per i cambiamenti.

Non sopporto l'idea che sia un regalo di "addio".

Ho paura della lontananza e non so cosa potrà succedere nel mio futuro, so solo che nel mio presente lui sarà lontano.

Spero che Mia possa aiutarmi.

CAPITOLO UNO

Riusciamo a comprendere il miracolo della vita solo quando lasciamo che l'inatteso accada...

Paulo Coelho

Pensare di rincasare nell'appartamento in piazza Garibaldi in una fredda serata di marzo mi riscalda l'anima, è come tenere tra le mani una cioccolata calda mentre fuori incalza una tempesta di neve.

Certo, mi rendo conto che Napoli d'inverno non è propriamente Saint Moritz, ma non è comunque una città dove aspettarsi una temperatura glaciale, soprattutto se dicembre risulta ancora lontano.

E pensare che all'inizio neanche volevo venirci in questa casa. Invece poi Mia mi ha fatto notare che Max aveva ragione su tutto, la sua intuizione era corretta e io non posso che ringraziarlo.

Ma è facile pensarci col senno di poi.

Manca solo una cosa alla perfezione, o meglio una persona: lui. Se solo fosse qui e non a Milano, la temperatura potrebbe toccare picchi tropicali in un attimo, in tutti i sensi.

Tuttavia riconosco che per lui era un'occasione davvero imperdibile quella di gestire una filiale finanziaria tutta sua e allontanarsi dal nostro capo, "il Dottore", come si fa chiamare perché si fregia di essere laureato, anche se in realtà è una persona tremendamente rozza, ignorante e soprattutto volgare. Chissà cosa penserebbe il Dottore se sapesse che scherzosamente con i colleghi chiamiamo il nostro posto di lavoro Nisida: è come essere in una prigione creata su un'isola: Isola a/1 appunto.

È indubbia la metafora, anche perché il centro direzionale è diviso in isole. *Ça va sans dire.*

Sono trascorse solo diverse settimane dalla partenza di Max e la nostra città così caotica e colorata sembra essere divenuta un film muto degli anni Trenta. Forse suona esagerato, ma sono innamorata e lui mi manca da morire.

Sono le sei di sera e stranamente oggi la Circumvesuviana sembra essere puntuale, nessun annuncio, nessun avviso, nessun ritardo. Si prospetta una serata positiva.

Tra poco sarò a casa e finalmente potrò dedicarmi alle mie attività preferite: cenetta veloce ma salutare e film sul divano aspettando di poter chiacchierare con Max, la sua voce a fine giornata mi riscalda i sensi. È un momento che aspetto con trepidazione perché è in grado di riconnettermi a lui.

Secondo Mia dovrei uscire, frequentare persone, divertirmi, ma lei non può capire come mi sento. Marcello, il suo fidanzato, è sempre presente nella sua vita; anche quando è via per convegni lui c'è, trova il modo di mantenere vivo il loro legame. Sono insieme da cinque anni e vivono praticamente in simbiosi.

Adoro Mia, sempre così attenta e premurosa nei miei confronti, e so che cerca solo di aiutarmi, ma ci sono momenti in cui il mio morale è così a terra che fatico a risollevarmi. Come questa sera, per esempio, e non per via di Max, non solo perlomeno.

Il Dottore ha deciso di darmi un'ulteriore mansione, sarò a capo del progetto di franchising di negozi dedicati alla cessione del quinto da lui pensato insieme alla mia team leader, Laura.

Ho una strana sensazione, non so se è dovuta a questa nuova sfida o al fatto di non avere la minima idea di dove cominciare per organizzare il progetto. Oppure è perché non mi sento abbastanza motivata.

Il Dottore fa sempre così, ha un'idea che ha visto in un altro Paese in uno dei suoi numerosi viaggi o che vuole copiare da qualcuno, e poi ne lascia a noi la realizzazione. Una volta voleva costruire un eliporto sul palazzo di Nisida per far atterrare gli elicotteri, ovviamente impossibile da realizzare sotto qualsiasi punto di vista, ma dovemmo comunque redigere un documento che spiegava l'impraticabilità dell'idea. Del resto lui si sarebbe fatto pagare mille euro l'ora, soldi facili con un minimo sforzo. Quasi ci aggredì quando gli comunicammo che il suo grandioso progetto non era fattibile.

Finalmente a casa.

Mia ha preparato cotolette e patate, sento l'odore pervadere tutta la stanza. Mi sfilo le scarpe e mi metto in pantofole per stare più comoda. Mi avvio verso la cucina, mi lavo le mani e apparecchio velocemente la tavola mentre Mia dispone la cena nei piatti. Questa sera un calice di vino è d'obbligo.

Mangiamo velocemente e mentre preparo il caffè Mia sciacqua i piatti e le posate per poi disporli nella lavastoviglie. Quando abbiamo finito ci sediamo sul divano pronte per guardare la tv. Lancio il cellulare sul tavolino. Ma dopo poco lo sento vibrare.

Lo guardo muoversi repentino e commento ridendo: «Certo che la vibrazione è davvero rumorosa».

«Una trovata originale per dire: "Guardami, prendimi, ho una sorpresa per te!"».

«Questa frase potrebbe andare bene per una pubblicità di preservativi», le dico facendole l'occhiolino.

Mia solleva un sopracciglio esibendo una certa incredulità: «Ma tu non eri la ragazza tutta casa e chiesa?».

«E che significa?», replico risentita. «Anche se sono cresciuta in parrocchia non vuol dire che non possa fare battute simpatiche o dare suggerimenti per slogan di successo», aggiungo recuperando il cellulare. «Vado a vedere chi è», la informo poi dirigendomi verso il bagno, dove ho lasciato il caricabatterie.

Dopo un anno di utilizzo forsennato ormai la mia batteria si scarica di continuo, devo assolutamente comprare una power bank.

Appena mi chiudo la porta alle spalle clicco sulla notifica e per poco non ho un mancamento: è un messaggio di Max, non ci posso credere: "È stato bellissimo ieri notte, non avrei mai voluto andare via".

Strabuzzo gli occhi: a chi voleva scrivere? Di sicuro non a me.

Sono scioccata, ho il cuore che mi batte a mille. Decido di chiamarlo per chiarire l'equivoco.

«Temo che tu abbia sbagliato destinatario», lo aggredisco appena risponde. «Pretendo delle spiegazioni. Ora!», la mia voce raggiunge frequenze ultrasoniche tali che ho quasi l'impressione di sentire abbaiare i cani di tutto il vicinato.

Lui si schiarisce la gola: «Becca...», sembra a disagio. «Mi dispiace che tu l'abbia scoperto in questo modo, ma in realtà sono anche sollevato».

Nelle vene sento il sangue ribollire.

«Sollevato?!», ripeto furibonda e ferita allo stesso tempo. «Ma che cazzo dici? Che razza di uomo sei? Dopo tutto quello che c'è stato tra noi, tu, tu, tu...». Niente, non mi escono le parole di bocca.

«Becca, rifletti», mi invita lui, che adesso sembra aver ritrovato la calma. «Cosa c'è stato realmente tra noi? Davvero credevi che la nostra fosse una storia che potesse avere un futuro?», mi domanda come se fosse seriamente stupito dalla mia reazione.

«Sei impazzito?», esclamo poggiandomi tra il muro e la vasca da bagno. Meno male che sono a casa, altrimenti per strada non so cosa sarebbe potuto succedere.

Dalla rabbia prendo un asciugamano e inizio a strizzarlo con entrambe le mani mentre inserisco il vivavoce e poggio il cellulare sul WC, il posto dove in questo momento vorrei ficcare la testa di Max.

Vedo la porta aprirsi piano e dopo un attimo la testa di Mia fare capolino. Forse mi ha sentita urlare ed è accorsa per capire cosa stia succedendo, ma io non ho la forza nemmeno di respirare.

Con un gesto nervoso della mano le faccio segno di uscire mentre Max continua il suo monologo, che ascolto e soprattutto subisco.

«So che non ti piacerà quello che sto per dirti, ma è la verità e lo faccio perché ho imparato a volerti bene sul serio in quest'anno assieme. Il tuo essere guardinga e sospettosa appena sentivi una notifica del cellulare mi rendeva matto, per non parlare del fatto che non ho mai potuto cercare di risolverti un problema, solo tu conosci tutte le risposte, cara MacGyver. Invece non è così, ne è un esempio l'appartamento dove vivete tu e Mia: io avevo trovato una soluzione, ma tu come al solito, senza neanche rifletterci un secondo, mi hai sminuito e umiliato», dice sinceramente dispiaciuto.

«La verità è che io volevo venire a casa tua, volevo provare una convivenza assieme». Ecco l'ho detto, la verità ti renderà libera si dice, ma come farebbe notare Aragorn ne *Il ritorno del re*, forse non è questo il giorno.

«Perché allora non dirlo con parole semplici, senza aspettarsi che tutto andasse come volevi tu? Chiediti se è possibile che siano sempre e solo gli altri a sbagliare. Come puoi pensare di essere solo tu la tenutaria del sapere infinito? Stare con te fuori dal letto era un inferno, ma ti amavo e per questo sopportavo con pazienza. Ma a volte l'amore non è abbastanza. Qui a Milano sono rinato, ho avuto modo di capire veramente quello che voglio e soprattutto con chi condividerlo. Mi auguro che tu possa trovare la persona giusta che riesca a cambiare il tuo pensiero sugli uomini».

Attacca.

Le parole mi arrivano come stilettate dritte al cuore, che inizia inevitabilmente a sanguinare.

Non sono come lui mi descrive, permetto alle persone di amarmi. Be', forse non mi fido e ho paura dei tradimenti, ma come può dire che rendevo la sua vita un inferno? Quindi, in pratica, se mi ha tradito è colpa mia?

"Cornuta e mazziata" si dice a Napoli.

L'asciugamano è ormai divenuto una massa informe con cui prenderei volentieri a cazzotti Max, ma è inutile.

Asciugo le lacrime e tiro su con il naso.

In effetti ricordo di averlo criticato o di essere stata troppo pressante qualche volta, forse in più di un'occasione mi è capitato di chiedergli chi chiamasse o con chi messaggiasse, ma che male c'è a rispondere se non nascondi nulla?

I cellulari li odio, danno ai vigliacchi la possibilità di non prendersi la responsabilità delle proprie azioni. Non sono sicura che Max mi avrebbe detto tutte queste cose se fosse stato di fronte a me, se avesse avuto il coraggio di venire qui per un week-end, giusto per riconoscermi il rispetto che sono sicura di meritare, anche solo per lasciarmi. Un vero uomo avrebbe avuto il coraggio di affrontarmi. Non gli darò la soddisfazione di distruggermi.

Mi metto davanti allo specchio: «Becca, hai incontrato l'ennesimo traditore, in amore la mente ha sempre ragione.

Ora basta! Devi impegnarti per realizzare il tuo sogno: trovare un lavoro all'altezza delle tue potenzialità. Gli uomini da oggi non esistono, riorganizza le tue priorità, Max non merita le tue lacrime. Forza, Becca. Forza!».

Mia mi aspetta seduta sul divano. Lei è una roccia, sa sempre cosa fare, di sicuro me lo avrebbe detto se fossi così insopportabile: è la mia migliore amica dalle elementari e mi ha sempre salvata, è così che è nata la nostra amicizia, non mi direbbe mai una bugia. Chi meglio di lei può dissipare ogni dubbio sul mio modo di comportarmi con gli uomini? Nessuno credo. Cammino verso di lei e ripenso alle parole di Max: o li scelgo tutti col lanternino, o forse c'è un fondo di verità in quello che mi ha detto.

«Ho sentito che urlavi», mi fa notare lei prendendomi la mano. È preoccupata.

Mi accomodo al suo fianco: «Ti dico solo che ha un'altra con cui è stato bellissimo passare la notte, che ha capito che io non sono la persona giusta per lui perché voglio sempre avere ragione, sono paranoica e lo sminuivo di continuo».

Mia scuote la testa: «È assurdo», commenta affranta. «Hai voglia di una camomilla, qualcosa di caldo che ti aiuti a calmarti?».

Annuisco grata e lei si alza per mettere il bollitore sul fuoco.

Fisso il vuoto, non riesco a togliermi dalla testa le parole di Max: e se in fondo avesse ragione?

«Se ti faccio una domanda mi prometti di rispondere sinceramente, senza filtri?»

«Certo, non c'è neanche bisogno di chiederlo», afferma subito lei fissandomi sul chi vive.

«Pensi che lui abbia ragione?», le domando.

«In che senso?».

«È possibile, secondo te, che faccia scappare gli uomini perché sono una "so tutto io" ossessivamente gelosa?».

«Becca, io so che sei un'amica preziosa, ma chiedermi come sei nel ruolo di fidanzata lo sai solo tu. Posso dirti però che forse i ragazzi non amano essere messi in discussione. Tu sei una donna forte e indipendente, e sì, è vero che vuoi sempre avere ragione».

«Perché, ci sono delle volte in cui sbaglio?». Di solito quello che dico si avvera.

«Nessuno di noi è perfetto», mi fa notare, «compresa te, dico solo questo, ma hai tante qualità e questo tuo modo di essere non toglie sostanza alla persona fantastica che sei. Max forse è solo troppo immaturo per impegnarsi seriamente in una relazione. Sul controllo delle conversazioni sul cellulare, penso che se lo facesse Marcello mi arrabbierei di sicuro perché penserei che non si fida di me». Fiducia, come può una parola così piccola avere un tale impatto sulla vita delle persone?

Il fischio del bollitore interrompe la discussione e i pensieri non espressi. Quando Mia torna da me regge due tazze fumanti.

Me ne porge una e dice: «Premesso che Max è uno stronzo patentato, magari ciò che ha detto potrebbe indurti a riflettere sul tuo comportamento. In fondo avete avuto una relazione». Avvicino le labbra al bordo della tazza. «Io ti adoro, lo sai», riprende in tono fraterno, «e penso che meriti il meglio. Ma ogni persona che incontriamo può farci notare dei lati del nostro carattere di cui non ci accorgiamo. Spetta a te capire se questa cosa vuoi viverla come un lutto o come un'opportunità di crescita. Io ti sarò vicina, qualsiasi scelta tu faccia».

Annuisco mio malgrado, ma forse Mia ha ragione.

«Ho la testa pesante e ho bisogno di dormire», le dico. «Per un po' basta con gli uomini, da oggi esisterà solo il lavoro dei miei sogni. Devo solo capire come trovarlo». Soffio sul vapore che sale dalla tazza, adoro il calore che si sprigiona da una bevanda calda, è come il raccogliersi sotto un trapuntino al primo freddo, è una sensazione che ti pervade e si prende cura di te, ti coccola, ed è ciò di cui in questo momento ho più bisogno, di conforto.

Bevo il primo sorso e lo risputo subito nella tazza. «Ma è amaro!», protesto.

Mia scoppia a ridere, una risata che ha il potere di coinvolgermi: «"Se bella vuoi apparire un po' devi soffrire"», recita divertita.

Mi acciglio: «Ma che razza di giustificazione è? Cosa c'entra lo zucchero adesso, sono appena stata lasciata, ho bisogno di calorie, tantissime calorie!».

«Tesoro, ti voglio bene come se fossi mia sorella e desidero che tu appaia al meglio ai colloqui».

«Stai dicendo che sono grassa?».

«Solo che ci sono dei margini di miglioramento».

«Allora fammi una cortesia», replico indispettita, «trattami come un'estranea».

Una canzone interrompe il nostro scambio di opinioni e mi dà la possibilità di buttare quello schifo di bevanda amara nel lavello della cucina senza che Mia se ne accorga. È *Come una bussola* di Serena Rossi, la suoneria che ho scelto per mamma, e ciò significa che sono già le otto di sera.

Sbuffo e rispondo:

«Pronto, ciao mamma».

«Qualcosa non va?», mi domanda subito lei. Ha la straordinaria capacità di indovinare sempre i miei stati d'animo, quasi pari all'incapacità di aiutarmi a superare i momenti di sconforto.

Sono troppo stanca ora per spiegarle cos'è successo, meglio dirle una mezza verità.

«Ho solo fatto l'ennesima litigata col mio capo, non ne voglio parlare. La domanda è sempre la stessa: perché uno dovrebbe criticare il modo di fare di una dipendente quando è lui il primo a sbagliare? Per me deve stare solo zitto».

Ho usato una metafora per dire la verità: Max era il mio capo quando era a Napoli e ha criticato il mio modo di essere invece di pensare al fatto che mi ha tradita; non mi sento in colpa, ripeto a me stessa.

«Amore, lo sai benissimo come ci si comporta sul lavoro, purtroppo devi stare attenta, altrimenti sarai classificata come un carattere cupo e spigoloso». Mamma non capisce.

«Hai ragione mamma», è inutile continuare, è come chiedere di ballare la Zumba a un monolite dell'isola di Pasqua.

Appena attacco mi giro verso Mia e dico: «Mamma sulle questioni d'amore è utile come una forchetta per il brodo».

«Sì, però tu non le dai neanche una possibilità di poterti stupire», mi rimprovera lei.

«A volte se ti vestissi di verde e ti coprissi il capo con un cilindro nero potrei scambiarti per il grillo parlante».

«Brava la mia Pinocchio, allora attenta a dire le bugie a tua madre altrimenti ti crescerà il naso».

CAPITOLO DUE

Qualche volta le cose buone vanno in frantumi affinché cose migliori possano arrivare.

Marilyn Monroe

Dalla telefonata di Max sono ormai passati quasi sette mesi.

Sette lunghi mesi di full immersion lavorativo, di film d'amore sul divano e di cambi umorali repentini che, mi rendo conto, fanno esplodere continui litigi tra Mia e me su cose futili per entrambe.

Stiamo scegliendo quale film strappalacrime vedere questa sera quando sul mio cellulare arriva la notifica di un'e-mail: fisso l'anteprima, il mittente è Valentina, una nostra storica conoscente. Apro il messaggio e vedo che in allegato c'è un video, che guardiamo esterrefatte.

Valentina è vestita da coniglietta di *Playboy* e, con il fare malizioso tipico del suo carattere, ci invita alla sua festa di promozione da assistente a redattore capo che, coincidendo con Halloween, sarà in maschera a casa sua.

A volte mi chiedo come faccia il suo ragazzo a sopportare tutto questo. Come fa a non essere geloso? Io di certo avrei un attacco di gastrite ogni volta che lei si pone in qualche atteggiamento che può essere frainteso dagli uomini. Ma contento lui, contenti tutti.

«Ancora non capisco come mai continuiamo a frequentare una ragazza così», rimugina Mia ad alta voce mentre sto ancora guardando il video.

«Così come?», le chiedo di rimando, già conoscendo la risposta e costringendola per una volta a essere politicamente scorretta.

«Non è il suo essere eccentrica che mi infastidisce, ma il suo civettare di continuo con ogni individuo di genere maschile. Lei è convinta che questo atteggiamento la porterà lontano, ma così facendo mette in imbarazzo tutto il genere femminile che cerca di farsi strada con le proprie capacità».

«Sono d'accordo con te, ma c'è un motivo se continuiamo a frequentarla: siamo in quello che definirei il complesso del "vediamo dove va a finire"», dico abbassandomi gli occhiali e facendo finta di scrivere su un quaderno trovato lì per caso.

«E cioè?».

«Devo proprio spiegarti tutto, ma non ti ha insegnato nulla tuo padre, il grande psicoterapeuta?». Questa mi è uscita proprio bene, sono fiera di me.

«Brava, molto spiritosa».

«Pensaci, dovrebbero creare un nome per questo

comportamento che non riusciamo a spiegare: noi siamo in un loop. Non riusciamo a chiudere l'amicizia con Valentina perché vogliamo vedere dove la porteranno i suoi comportamenti civettuoli, ma allo stesso tempo non è una persona che frequenteremmo come amica, poiché il suo modo di essere la rende diametralmente opposta al nostro modo di concepire i valori. È un po' come quei film che sai dall'inizio che non ti piaceranno, ma continui a vederli poiché vuoi comunque vedere come vanno a finire».

«Saggia considerazione, e dimmi cara psicologa improvvisata, lei dove andrà a finire in questo caso vestita da coniglietta di *Playboy*?», dice alzando gli occhi al cielo.

«Questo non so dirlo visto l'imprevedibilità e il livello di "sono bella e utilizzo il mio aspetto per ottenere tutto ciò che mi passa per la mente" di Valentina».

«Be', in effetti intanto è riuscita ad avere una promozione. Ormai dovresti saperlo che in questo mondo l'apparire vale più dell'essere e devi donare te stessa solo a chi lo merita», dice in tono di rimprovero guardando quasi allibita il mio abbigliamento informe. «Non dico di vendere il tuo fisico prima delle tue capacità, ma almeno valorizza la tua persona per sentirti bene con te stessa, vedrai che se ti piaci troverai anche un miglioramento nell'autostima».

«Ma io mi piaccio, e amo la comodità», la guardo dall'alto in basso come avrebbe fatto lei e le dico in modo perentorio: «Sono convinta che prima o poi, in questo mondo di apparenza, anche le capacità verranno riconosciute, altrimenti ditemelo perché ci rinuncio».

«No Becca, sul fatto che tu riesca a realizzare il tuo sogno di lavorare in una multinazionale per esprimere appieno le tue potenzialità e che ci arriverai per meritocrazia ci metto la mano sul fuoco. Questo è un momento buio, ma passerà. È solo che forse dovresti uscire, questa festa potrebbe essere un'opportunità per rimetterti sul mercato, da un punto di vista sentimentale e lavorativo o semplicemente potrebbe essere una serata divertente e spensierata. A volte abbiamo solo bisogno di fare altro per uscire dalla nostra zona di comfort per aprirci di nuovo alla vita. Ci saranno tante persone e non sai cosa può riservarti un incontro inaspettato. Dalla mia, sono sicura che Marcello voglia andarci, gli proporrò di vestirci da Batman e Catwoman. Tu pensaci, tanto hai ancora alcuni giorni per rispondere».

Mi avvicino alla cucina: «Non ho molta voglia, né tantomeno la forza di sostenere un'esperienza del genere», ammetto riempiendo il bollitore. La sento sbuffare alle mie spalle.

«Allora che ne dici se stasera vediamo un film divertente?», cambia improvvisamente discorso. Mi volto accigliata. «Me ne hanno parlato a lavoro, si chiama *L'ultima vacanza*. La protagonista lavora come commessa in un negozio all'interno di un ipermercato e, pensando di avere pochi giorni di vita, decide di fare tutto ciò che per paura aveva solo sognato e mai fatto. Scoprirà che a volte i sogni vanno solo afferrati attraverso azioni concrete, senza aspettare che le opportunità ti piovano dal cielo, perché se una cosa deve succedere troverà la strada per farlo. Non ti spoilero la fine come hanno fatto con me, altrimenti non ha senso fartelo vedere».

«Sembra molto carino, e se dici così di sicuro la ragazza avrà il suo lieto fine. Ci sto, vediamolo».

Forse in questo momento ho solo bisogno di un *happy ending*, sono stanca della routine negativa. Mi sento un po' spenta ultimamente, la forte guerriera che ero un tempo è ormai sopita sotto strati e strati di noia e delusione.

Il film mi dà una tregua dai miei pensieri, è davvero d'ispirazione. Ma poi la mia mente torna a vagare e mi chiedo, come fa la gente a credere ancora nelle favole? Possibile che finiscano sempre così le storie, possibile che nella realtà non esistano uomini fedeli?

Il filosofeggiare viene interrotto dalla telefonata di Marcello, che chiama Mia per dirle che le manca.

Forse lui è l'eccezione che conferma la regola, o forse sono io che ricerco il tipo di ragazzo che so che mi ferirà di nuovo, come in una spirale infinita. Chissà se esiste un nome per tutto questo, quasi quasi chiamo Francesco, il papà di Mia: lui saprà di sicuro darmi una risposta clinica.

Il fatto che Mia si sia allontanata per parlare al telefono mi dà la possibilità di dare voce ai miei pensieri: afferro il cuscino e urlo premendolo contro la bocca. Mi fermo, lo allontano e poi lo faccio di nuovo. Le urla sono soffocate, ma almeno mi sfogo.

A volte mi sembra di impazzire, le giornate sono tutte uguali, le stesse azioni, le stesse persone, gli stessi dialoghi. Vorrei che arrivasse anche per me un'opportunità per cambiare la mia vita, ma non so come spezzare questo circolo vizioso.

Io so esattamente cosa voglio. Voglio essere quella ragazza a cui non puoi smettere di pensare, quella ragazza al cui confronto le altre scompaiono. Voglio essere quel tipo di ragazza, anzi merito di essere quella ragazza, quindi chiunque non mi vede così non è degno di avere la mia attenzione. Questo è ciò che prometto oggi a me stessa.

Torna Mia e ricomincia imperterrita: «Tesoro, immagina cosa potrebbe succedere se andassi alla festa di Valentina. Magari questo invito sarà la scintilla del tuo cambiamento, un po' come è stata la paura di morire per la protagonista del film. Guarda come un piccolo ostacolo le ha permesso di avere tutto ciò che voleva: conoscere la sua star di cucina preferita, sentire l'affetto di tutti quelli che aveva aiutato, avere una relazione con l'uomo che amava, ma con cui non si era spinta più in là di un consiglio sull'acquisto di un barbecue».

«Hai ragione Mia, vorrei che fosse tutto più semplice, vorrei anche io riuscire a gettarmi a capofitto in situazioni mai provate e incontrare "quello giusto", ma purtroppo questo non è un film, siamo nella vita reale e nella vita reale è tutto più complicato, soprattutto se si è feriti».

Il mio lavoro poi non è di aiuto alla causa, ogni giorno mi vengono affibbiati incarichi a sorpresa che si sommano agli altri, il che mi fa stressare il doppio, e per questo rientro a casa sfinita senza alcuna voglia né di vedere altre persone né di visitare altri luoghi.

Ogni giorno sembra essere uguale all'altro: mi sveglio, mi lavo e mi vesto, arrivo a lavoro in Vesuviana vedendo su Prime una puntata di una serie televisiva. Cerco di fare al meglio il lavoro che ogni giorno il Dottore mi pone e di risolvere le problematiche in essere usando i mezzi conosciuti o trovati di volta in volta in base alla situazione.

Riprendo la Vesuviana e quando torno a casa è ormai tardo pomeriggio, a volte trovo Mia a volte sono sola.

Guardo un film o continuo con le puntate della serie iniziata la mattina, ma sono così stanca che dopo un po' mi addormento sul divano.

Mi sveglio in piena notte, bevo un po' d'acqua, prendo una gommosa di melatonina e vado a letto, e così si ricomincia da capo ogni giorno, sempre la stessa routine.

Al mio rientro a casa stasera c'è una novità, trovo Marcello, lo saluto e lui ricambia, cordiale come sempre. È seduto al tavolo, su cui c'è del cibo cinese, il mio preferito. Questa serata puzza di trappola, ma con tutte queste leccornie davanti posso sopportare qualsiasi discorso!

«Finalmente sei arrivata», esclama Mia uscendo dal bagno. «Abbiamo preso anche la salsa piccante questa volta, la tua preferita».

«Allora, che mi racconti di bello a lavoro? Il Dottore ti sta ancora usando come tuttofare per le sue grandi idee?».

«A dire il vero il suo ultimo progetto riguarda un franchising della cessione del credito, per la prima volta è qualcosa di concreto e devo dire anche molto interessante. Creiamo il *business plan* per il negozio, troviamo il luogo dove aprirlo, diciamo come allestirlo e poi il procacciamento dei clienti e l'investimento iniziale spetta a loro, i nostri *franchisee*. Noi guadagniamo una percentuale sugli incassi e dobbiamo fornirgli un po' di formazione, anche a distanza».

«Ma è legale? Viste le idee pregresse, mi preoccupo per te».

«Certo che lo è, e ultimamente mi sto anche appassionando al ruolo di capo progetto. E poi lavorare in coppia con Laura per me rappresenta un bonus. Se lui non fosse il mio capo e se non guadagnassi così poco, e glisso sull'importo solo per dignità, non mi dispiacerebbe restare a Nisida».

«Allora datti un'opportunità di andare via. Come credi di avere dei risultati nuovi se compi sempre le stesse azioni? Pensaci, la festa di Valentina...».

«Ora basta, non mi sento pronta, e che cosa potrebbe portarmi venire a una festa? Il fatto di avere una maschera non mi renderà diversa da quella che sono, e da un punto di vista lavorativo cosa potranno offrimi le persone che incontrerò senza che conoscano il mio curriculum? Mentre dal lato sentimentale, anche se ci fosse qualcuno di interessante, sarà come tutti gli altri uomini. Ovviamente esclusi i presenti, tu sei stata fortunata Mia. Io ho avuto storie tutte uguali, un fuoco iniziale seguito da una tiepida frequentazione e infine il gelo, che viene sciolto sempre da qualcos'altro o qualcun'altra, migliore di me, più indifesa, più carina. Se non sono stata chiara te lo dico ora con Marcello presente: basta uomini, basta illusioni». Nel sentire le mie parole ad alta voce però mi rendo conto che se continuo su questa strada la mia vita sarà sempre un susseguirsi di azioni ripetitive in un contesto senza gioia... Chi vuole davvero vivere così? Forse sono stata troppo precipitosa nel dire di no, ma non voglio dare false speranze né a loro né a me.

«Va bene, però ora esageri, esistono coppie che durano

da trent'anni e anche loro avranno dovuto superare dei problemi, niente è facile. L'amore non è un punto di arrivo, ma un cammino che va costruito insieme giorno per giorno, se c'è la volontà di farlo».

«Hai colto nel segno, ora non ho alcuna voglia di costruire, ma solo di distruggere. Detto questo, ho fame, i ravioli alla griglia freddi sono terribili», cambio volutamente discorso.

«Ma che dici? Una volta li addentasti prendendoli direttamente dal frigo senza neanche accorgerti che si stavano ancora scongelando», mi ricorda Mia ridacchiando.

Iniziamo a mangiare. Marcello e Mia sono molto in sintonia, sembrano fatti l'uno per l'altra, proprio come due anime gemelle; lui infila le bacchette nel suo piatto senza che Mia batta ciglio, e lei fa altrettanto suscitando l'ilarità di Marcello. Anche il cibo diventa pretesto di condivisione e per un attimo, mentre li osservo, sento una voragine formarmisi all'altezza del petto. Mi manca quel senso di profonda intesa, mi manca avere una persona al mio fianco. Mi sono buttata a capofitto nel lavoro, ma nel mentre ho come la sensazione di essermi persa qualcosa. Qualcosa di importante.

A un tratto un silenzio teso pervade la stanza, l'idea di partecipare all'evento di Valentina mi ha lasciato addosso uno strano disagio. «La verità è che non mi sento ancora pronta a conoscere nuove persone», ammetto rompendo il silenzio.

«Lo so, ma insistiamo per il tuo bene», afferma Mia mettendo una mano sulla mia.

«Apprezzo il pensiero», dico guardando entrambi, «ma preferisco fare altro».

Tutti e due mi paiono rassegnati.

Sono le 7:00 di mattina di un giorno di fine ottobre quando suona la sveglia.

«Altro giro, altra corsa», mormoro uscendo dal tepore delle lenzuola.

Mi vesto frettolosamente per andare al lavoro, ma a causa dell'ennesimo immotivato ritardo della Vesuviana, comunicato come al solito all'ultimo minuto, sono costretta a raggiungere il centro direzionale a piedi. Per fortuna, senza mezzi ci impiego comunque poco tempo, devo ammettere che Max aveva ragione quando mi ha proposto l'appartamento, è in una posizione perfetta.

Alla fine, raggiungo l'ufficio tutta trafelata e ovviamente sono in ritardo.

Appena entro, vedo dalla porta vetrata il Dottore che mi aspetta seduto dietro la mia scrivania con le braccia conserte. Ha l'aria imbronciata. Mi avvicino, via il dente, via il dolore. Lui mi guarda con fare minaccioso e il suo aspetto, notoriamente truce, con la rabbia si trasforma in mostruoso.

«Caracciolo, non so per te, ma per noi imprenditori il tempo è denaro, si arriva e si esce in orario», ringhia, ricordandomi vagamente la "bestia" della Disney.

«Sono dispiaciuta, ma la Vesuviana...», cerco di giustificarmi.

«A me nun me ne fotte ra' Vesuviana, quand arriv è sta ka! Se no là sta a porta e capit, vir comme e a fa», si sfoga in dialetto sbattendo la porta alle sue spalle. Quando è nervoso perde il controllo e abbandona del tutto l'uso della lingua italiana.

Laura si avvicina e mi abbraccia dicendo: «Becca, ci siamo passati tutti, purtroppo oggi non è una buona giornata e tu sei stata il capro espiatorio».

Sorrido, confortata dalle sue parole. Laura è una persona che apprezzo molto, la ringrazio e aggiungo: «Sei la miglior team leader che abbia conosciuto in questa azienda».

Lei strabuzza gli occhi: «Detto da te ha ancora più valore. I colleghi mi hanno raccontato che Max era il tuo ragazzo e di quanto lo stimavano a livello professionale».

Ma chi, Max il vigliacco?, vorrei dire. I colleghi non sanno il motivo della nostra rottura e il mio deve rimanere solo un pensiero, sul lavoro voglio essere professionale, ciò che provo nei suoi confronti è un fatto personale e almeno questa è una cosa che ho imparato da lui: nulla traspariva del nostro rapporto e così deve rimanere anche ora.

«Andiamo dai, mettiamoci al lavoro, tra poco verranno i potenziali *franchisee* di Cosenza e Rodi per consegnare l'assegno e seguire le istruzioni che gli daremo per l'apertura del negozio».

«Ok, sto arrivando», prendo la cartellina dei due negozi e la seguo nell'ascensore che ci porta alla sala riunioni al settimo piano. Una volta arrivate vediamo questi due ragazzi vestiti in giacca e cravatta che, con fare di sfida, iniziano a snocciolare tutta una serie di obiezioni sull'efficacia di ciò che gli stiamo proponendo: sulle difficoltà che derivano dal procacciarsi i clienti e sul perché dovrebbero scegliere un negozio di cessione del quinto dello stipendio sconosciuto e non una finanziaria consolidata. Io e Laura ci guardiamo e prima che lei possa replicare intervengo: «Innanzitutto vi ringrazio per averci posto queste domande perché mi date la possibilità di mostrarvi in concreto come creare nuove opportunità dalle vostre perplessità. In secondo luogo, voi non siete dei piazzisti, bensì offrite un servizio legato a un'esigenza del cliente in un momento di bisogno. Pensateci, chi non desidererebbe in un periodo di difficoltà economica avere qualcuno che ti può aiutare dandoti ciò che per necessità o scelta sei costretto a spendere? In terzo luogo, la cessione del quinto, rispetto a un finanziamento, va ovviamente proposta a dipendenti pubblici e privati ed è lì che dovrete trovare il vostro networking; certo all'inizio collezionerete dei no, ma questo non deve spaventarvi, perché sarete voi a dar vita al cambiamento. Il passaparola tra colleghi farà il resto. Da un punto di vista economico poi c'è sia un risparmio in termini di tasso che di polizza assicurativa, che è compresa all'interno del pacchetto, e infine volete mettere la comodità della detrazione automatica dallo stipendio senza doversi ricordare di fare ogni volta il versamento? Ora tocca a voi, e ricordate che, se non lo farete, ci saranno altri che approfitteranno di questa opportunità mai vista nelle vostre città e faranno ciò che potreste fare voi oggi, ma se dovete ancora pensarci il nostro tempo è scaduto; abbiamo una riunione con i prossimi *franchisee*, dunque dobbiamo andare». Risultato? Hanno firmato all'istante. Prendiamo l'ascensore per tornare al nostro ufficio al secondo piano, sono fiera di me. Si dice che capisci quando andare via dal lavoro che svolgi quando pensi di aver imparato tutto ciò che potevi o quando non hai stimoli a sufficienza per proseguire. Qui c'è anche una terza motivazione, una questione di amor proprio.

«Brava Becca, sei stata davvero eccezionale, propositiva e

assertiva: hai magistralmente risolto tutti i "se" che i clienti ponevano e questo è un bene, li hai conquistati. Lo dirò al Dottore, del resto maggiori sono i negozi finanziati, maggiori saranno gli introiti per lui. Questo lo renderà molto felice».

Sì, lui sarà felice e io sto contribuendo a riempire le tasche di un mostro volgare che sfrutta i dipendenti pagandoli seicento euro al mese.

Ricordo il mese scorso, quando il grande capo mi chiamò per un altro problema, il business plan di un cliente era all'interno di un pc che lui aveva dimenticato in un locale dove era andato a prendere un drink con un altro cliente. Mi chiamò a notte inoltrata sbiascicando le parole, evidentemente ubriaco, chiedendomi di trovare una soluzione, prima di interrompere la chiamata senza darmi la possibilità di replicare. Per fortuna ho sempre una copia dei file a lui inoltrati che tengo in una chiavetta USB, così risolsi il problema. Un'altra volta, una liquidazione di un finanziamento non poteva essere erogata poiché lui era bloccato presso l'aeroporto JFK di New York, così contattai la banca e chiesi all'addetta se ci fosse la possibilità di procedere attraverso la firma sms dettandole i numeri che il Dottore vedeva sul suo cellulare, anche lì quindi salvai la situazione. Per i colleghi oramai sono MacGyver, riesco a risolvere i problemi che mi si presentano con inventiva usando le cose che ho a disposizione volta per volta. Me lo merito dunque questo appellativo, così come merito un lavoro dignitoso. Devo assolutamente andarmene da qui, altrimenti non riuscirò a elevarmi da un punto di vista professionale e umano.

A un tratto dentro di me si accende una lampadina: devo dimostrare al mio capo che sono diversa dagli altri, che parlano di andare via ma restano fossilizzati tra queste mura. Io merito di meglio. Ma soprattutto devo dimostrarlo a me stessa, perché io valgo!

Così prendo un'altra importante decisione: andrò alla festa di Valentina. Il cambiamento inizia quando ci incamminiamo su strade diverse dalle solite, che ormai fanno parte della routine quotidiana e che portano a fare sempre le stesse scelte e le stesse azioni. Ho deciso: la festa di Valentina sarà per me la nuova strada, il nuovo inizio.

Dopo la riunione, mentre sono in stazione, chiamo Mia per comunicarglielo. Sono ancora agitata e vado avanti e indietro a passi serrati, aspettando che mi risponda. «Che diamine sta facendo?», brontolo sottovoce. Il cellulare sta squillando da quasi un minuto.

«Becca, ciao scusa ero in riunione».

Mi schiarisco la voce: «Ho deciso che stasera verrò alla festa, tanto peggio di così non può andare».

«In che senso? È successo qualcosa?», si preoccupa lei.

«Non ne voglio parlare, ho ancora la nausea», ammetto.

«Colpa del Dottore?», intuisce.

«Non ne posso proprio più», mi lamento io, ancora vittima della frustrazione.

Questa volta dico sul serio. Se non dovessi pagare l'affitto, le bollette e il cibo, lunedì non tornerei al lavoro. Meglio non dirlo a Mia, so quanto mi vuole bene e so anche che si offrirebbe di pensarci lei, e non voglio.

Ho sempre provveduto da me al mio sostentamento e questa volta non sarò da meno.

«Dai, lasciamo perdere per il momento e pensiamo a divertirci. Sono troppo felice che tu venga, il vestito lo prendo a gusto mio», dice tutta eccitata.

«Non esagerare», la ammonisco. Quando è così entusiasta si fa prendere la mano. «Mi raccomando, al massimo posso vestirmi da angelo».

Salgo sul treno e prendo posto su un sedile vuoto.

«Farò il possibile per accontentarti, con gusto però».

«Mia, cosa hai in mente?», ma è troppo tardi, il treno è partito e lei chiude la comunicazione.

Distratta, scendo dall'ultimo scalino della stazione senza guardare a terra e mi ritrovo con il piede destro immerso in qualcosa di marrone e molle.

«Dannazione, ci mancava solo che calpestassi gli escrementi di un cane con la dissenteria! Ma che razza di padroni incivili», protesto.

Pulisco la scarpa sul marciapiede, sperando che nel tragitto per raggiungere casa tutto scompaia per miracolo, tuttavia, di fronte all'ingresso, noto che la suola della scarpa è ancora sporca. Uso la bustina salva cibo che avevo fortunatamente in borsa, ci infilo dentro lo stivale incriminato e zoppicando prendo l'ascensore. Arrivo fuori dalla porta, cerco dappertutto, ma non trovo le chiavi. Chiamo Laura per sapere se per caso le ho lasciate in ufficio, e infatti mi dice di averle trovate sotto la mia scrivania: evidentemente mi sono scivolate dalla borsa. La solita fortuna!

La ringrazio e mi siedo sulle scale nell'attesa che Mia ritorni.

Ci vorrebbe una “giratempo” per tornare indietro ed evitare gli inconvenienti della giornata.

Un’ora dopo Mia compare dall’ascensore con un porta abiti nero e mi rivolge un’occhiata perplessa.

«Finalmente!», esclamo alzandomi.

«Ma cosa diamine ti è successo?».

Scuoto la testa: «Lascia perdere, è una lunga storia. Piuttosto dimmi, perché hai con te quel porta abiti nero? Non c’era nessun vestito disponibile a parte quello da becchino?», la prendo in giro.

«Non essere sciocca», mi rimprovera lei in tono scherzoso. «Entriamo, ho trovato un vestito che ti starà davvero d’incanto, anzi *come d’incanto*».

Apre la porta, poggia l’abito sulla maniglia d’ingresso e apre la sacca.

«Ta-da!», esclama con aria soddisfatta mentre io ammutolisco.

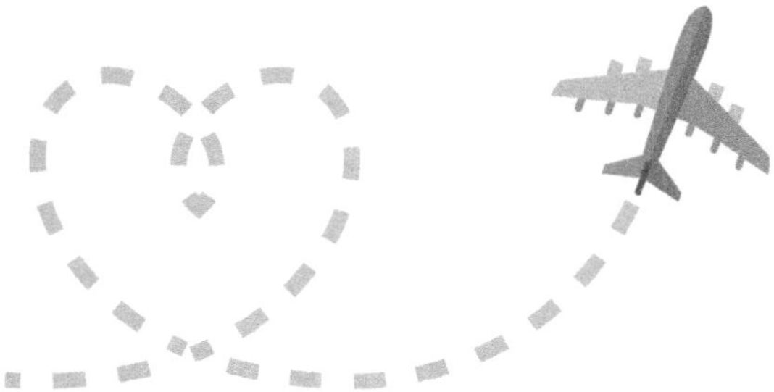

CAPITOLO TRE

Se vuoi essere felice per un giorno fai una festa, per due settimane fai un viaggio, per un anno eredita una fortuna, per tutta la vita trova uno scopo degno.

Frank Tibolt

Di fronte a me c'è un abito celeste con un corpetto a forma di cuore, rigido e fatto di Swarovski. La gonna di velo a palloncino lascia intravedere le gambe e mi chiedo come faccia a essere così vaporosa.

La sfioro e sento come una struttura: ha sotto una crinolina per fare in modo che mantenga la forma.

Oddio, sono tornata ai tempi di Maria Antonietta.

«Sembra fatto apposta per te», sostiene Mia. «Mette in evidenza il décolleté e nasconde i fianchi, e poi il celeste si intona alla perfezione con il nero corvino dei tuoi capelli».

Mi schiarisco la gola: «Scusa, ma non avevamo detto che mi sarei vestita da angelo?», le ricordo.

Non faccio in tempo a terminare la frase che Mia tira fuori due ali di piume bianche. «Infatti sarai un angelo!», esclama con seria convinzione.

Mi sta per venire un infarto. Ma come le è saltato in mente che io possa vestirmi in un modo così eccentrico? Io che sono un tipo da leggins e maglioni informi?

«No!», insorgo. «Se indosserò quest'abito, sembrerò Giselle di *Come d'incanto*, morta e fatta diventare angelo dal Padre eterno. E poi gli angeli non indossano abiti bianchi e informi con un cordoncino dorato in vita?».

«Forza», mi incalza lei, insensibile alle mie repliche, «che se tutto va bene stasera trovi la tua anima gemella, cara Becca».

«Hai capito, vero, che vengo solo per spezzare la mia routine e non mi aspetto nulla? Se ho una vera intenzione di cambiare la mia vita, da qualche parte dovrò pure incominciare», replico.

«Certo, ma "l'uomo propone e Dio dispone"». Usa contro di me le perle di saggezza di mia madre, è troppo astuta.

Ancora non ci credo, andrò alla festa con un abito da principessa. Non indossavo una crinolina da quando, per carnevale, credo fosse in terza elementare, mi travestirono da damina dell'Ottocento con tanto di spilla con cammeo.

«Ora però serve un po' di magia», mi dice attirando la mia attenzione e tirandomi la gonna. «Dobbiamo fare in fretta, Marcello passerà a prenderci alle otto e mezza, abbiamo poco tempo per prepararci entrambe. Io però ho un vantaggio: sono passata dall'estetista ieri».

Sollevo un sopracciglio: «Perché l'estetista? Il mio vestito è quasi lungo fino ai piedi», le faccio notare abbassando lo sguardo.

«Le Chanel celesti non possono essere indossate dall'uomo di Neanderthal», replica lei in tono d'ovvietà. «E poi», aggiunge, «non si sa mai, se dovessi alzarti la gonna per qualche motivo che figura ci faresti?».

«Non esiste un motivo valido per cui dovrei alzarmi questa specie di impalcatura, a una festa di Halloween per giunta».

Mi liquida con una sventolata di mano e mi trascina in bagno.

Non ricordo nemmeno quando ho fatto l'ultima ceretta, forse la sera prima della partenza di Max.

Max... Quando ci penso mi sale ancora la bile, e il dolore. Chissà se riuscirò mai a superarla, questa volta la batosta è stata davvero pesante: nessuno mi aveva mai elencato a muso duro i miei difetti. Col passare del tempo inizio a pensare che forse non è un vigliacco come immaginavo, forse mi voleva bene sul serio. Avrebbe potuto lasciarmi facendomi credere che era per un'ennesima ragazza civettuola.

Invece lui voleva che il messaggio mi arrivasse forte e chiaro: "Sei anche tu a far fallire le relazioni, non è solo colpa dell'altro".

Vorrei solo riuscire a ricominciare, ad amare e a fidarmi di nuovo, è come se non avessi più un cuore, come se niente riuscisse davvero a emozionarmi, e ho paura di non poter mai più uscire da questa situazione.

E se incontrassi quello giusto, come spera Mia, e lo lasciassi scappare per questo mio atteggiamento diffidente? La guardo intenta a far emergere la mia parte femminile e un sorriso mi affiora sul volto: è una dolcezza, la adoro, si prende sempre cura di me.

La sua vita è sempre stata perfetta, lei è sempre così sicura di sé, bella e intelligente, ha uno stipendio a tre zeri, una famiglia ricca alle spalle e un uomo che la ama. A volte mi chiedo come sia vivere una vita così. Non la invidio, e sono felice per lei perché lo merita, è sempre così gentile e altruista, le auguro il meglio e mentre lo penso la abbraccio.

«Perché mi abbracci?»

«Perché te lo meriti, sei sempre presente per me, ti voglio bene e non te lo dico mai abbastanza».

«Becca, dimmi la verità: hai un brutto male, stai per morire e per questo mi abbracci?»

«Scema, non sto per morire, voglio solo dimostrarti che apprezzo quello che stai facendo per me. E poi se dovessi morire portami in ufficio, abbiamo una polizza assicurativa che renderebbe ricca mia madre, mia unica erede. In effetti il Dottore ci paga pochissimo, però spende una fortuna per ognuno di noi per le polizze di morte e invalidità, secondo me le sue vere intenzioni sono di ucciderci. O peggio, devo supporre che guadagni una percentuale sulle assicurazioni sottoscritte dai dipendenti». Un fremito mi attraversa la schiena. «Quell'uomo mi dà i brividi, potrebbe davvero pensare di fare qualsiasi cosa».

Venti minuti dopo, la mia improvvisata estetista aguzzina termina l'opera, dopodiché passa al "trucco e parrucco" e io, ormai vittima della sua creatività, mi abbandono completamente nelle sue mani. Del resto non ho la forza di controbattere, in fondo al mio cuore so che potrebbe avere ragione, chissà cosa mi aspetta.

Come in un sogno mi passa le sue adorate Chanel e quasi mi commuovo: in tanti anni le avrò viste indossate solo due volte, e solo da lei.

«Sei sicura?».

«Mi raccomando trattale con il rispetto che meritano».

«Lo farò, te lo prometto. Come si dice: "chi ben comincia è a metà dell'opera", e io sono uno schianto con queste scarpe».

È arrivato il momento della verità, Mia mi accompagna allo specchio dell'ingresso, mi copre gli occhi con la mano e mi dice con evidente commozione: «Sei pronta a conoscere la versione migliore di te stessa?».

Toglie la mano e... wow, mi trovo di fronte una ragazza mai vista prima, stento a riconoscermi.

Trilla il telefono, è Marcello che ci avvisa che sta per arrivare.

E siccome sono le otto in punto, anche il mio cellulare prende a squillare: è mia madre. Non ho scelta, così le dico che sto per andare a una festa e che la richiamerò domani e lei, incredula per il solo fatto di aver sentito nella stessa frase i termini "uscire" e "festa", riattacca subito.

Nella realtà sono disillusa, anche se, per invogliarmi a fare uno sforzo di apertura verso il mio domani, voglio avere un atteggiamento positivo.

Mi impongo di vedere il bicchiere mezzo pieno.

E se conoscessi un uomo che solleticasse la mia curiosità?

Non so più cosa pensare, le motivazioni per andare sono confuse, ma ormai è tardi e non posso tirarmi indietro, vediamo cosa ci porterà questo evento, male che vada sarà stata un'esperienza.

Mia esce dalla sua stanza già pronta, ma quanto tempo è passato tra la telefonata di mia madre e l'autocommiserazione? Questa donna ha un vero talento nel prepararsi ed è perfetta, stretta nel suo costume in pelle farebbe invidia a Halle Berry in *Catwoman*.

«Scusa Mia, non sei un po' appariscente?», commento guardandola dall'alto verso il basso.

«Il mio uomo chiede, il mio uomo ottiene», sussurra Mia con aria sognante.

Un giorno spero anche io di riuscire a trovare un amore come il loro, non riesco a immaginare un esempio di coppia meglio assortita.

Raggiugiamo l'auto, Marcello ci attende fuori e appena ci vede ci fa i complimenti. Io, tuttavia, rimango sbalordita perché noto che ha fatto disegnare delle ali di pipistrello sulle portiere.

Guardo Mia con gli occhi sgranati. «Certo che quando si immedesima lo fa alla perfezione», commento prima di salire a bordo.

Mia fa spallucce, si siede sul lato del passeggero e insieme partiamo alla volta del Vomero, dove si svolgerà la festa.

Lì i genitori di Valentina hanno uno stabile a due piani preso per la figlia. Il navigatore ci crea un percorso su quelle strade, che a detta di tutti sono alcuni dei più bei luoghi di Napoli.

Appena arriviamo di fronte all'ingresso del fabbricato, Mia scende per cercare il beauty d'emergenza nascosto nel bagagliaio, mentre Marcello mi prende per un braccio e mi sussurra all'orecchio che questa sera ha intenzione di chiedere a Mia di sposarlo.

Gli faccio un grosso in bocca al lupo e sottovoce gli prometto di tenere la bocca chiusa fino a quel momento.

CAPITOLO QUATTRO

Le maschere rivelano. Non nascondono. Le maschere rivelano il vostro desiderio, la vostra passione, i vostri più profondi e segreti desideri.

Cloë Thurlow

Il palazzo di Valentina si struttura in un unico appartamento sviluppato su due livelli, le mura sono fatte di mattoni rossi grezzi, il tetto è spiovente e il terrazzo, con annesso un patio, è protetto da una recinzione di legno bianco. Sembra una di quelle dimore in pieno stile Tudor.

L'esterno è illuminato da lampioni di luce calda e il prato è curato alla perfezione, sembra quasi che il giardiniere abbia tagliato l'erba usando la bolla. Ci sono quattro alberi di pino talmente alti che le punte si perdono nell'oscurità del cielo.

Praticamente rappresenta Valentina in tutto e per tutto:

eccentrica e unica nel suo genere, proprio come lei.

Sulle scale antistanti l'ingresso ci sono degli uomini vestiti in maniera bizzarra, forse un po' troppo per i miei gusti, altri bevono appoggiati alla ringhiera. Osservo la scena dal finestrino dell'auto un po' preoccupata.

«Ma tu non sei quella che dice che l'abito non fa il monaco?», mi rimprovera Marcello.

Mia intanto si risiede in macchina con un rossetto rosso in mano, apre lo specchietto e se ne stende un altro po', poi controlla che non ci siano sbavature e aggiunge: «Marcello ha ragione».

Fregata dalle mie stesse affermazioni, penso rassegnandomi.

Scendiamo dalla Batmobile e vedo tutto al rallentatore, saliamo le scale e altri uomini travestiti ridono o chiacchierano bevendo la birra che hanno in mano. La situazione non cambia salendo al secondo piano, dove Valentina si avvicina appena incrocia i nostri sguardi.

«Che bello vedervi, ragazzi!», esclama a gran voce, poi il suo sguardo si posa su Mia e me: «Siete davvero splendide». Non soddisfatta, tocca gli addominali di Marcello e aggiunge: «Caspita, hai fatto palestra ultimamente?».

Mia la rimette subito a posto con una battuta glaciale.

«Lo sai che stavo solo scherzando», si giustifica Valentina.

Mia mi fa morire. Non è gelosa, ma di sicuro le piace mettere subito in chiaro le cose. Valentina, d'altronde, non sembra essere in malafede, però delle volte esagera, come in questo momento. *Sarà per via dell'alcol*, penso.

Dopo aver salutato la padrona di casa ci infiliamo nella grande sala; Marcello e Mia mi precedono mano nella mano.

Strattonata dalla folla e strizzata nel mio vestito decido di allontanarmi con una scusa. Intercetto occhiate che mi inducono a pensare che forse il mio abbigliamento "acchiappa": un ragazzo mi chiede di ballare, lo ringrazio, ma glisso con gentilezza. Più che altro ho bisogno di bere, mi avvicino al bancone dei cocktail e ordino una Caipiroska. Mentre il barman pesta l'intruglio mi volto a osservare Mia e Marcello che ballano insieme.

Desidererei vedere Marcello inginocchiarsi in terrazza, illuminato dalla luna e dalle luci delle candele, e aprire, con gli occhi carichi di emozione, il famoso cofanetto blu che contiene l'anello.

Vorrei poter vedere la gioia di Mia che, incredula per quello che sta succedendo, inizia a piangere emozionata urlando "sì, certo che lo voglio, amore mio, non aspettavo altro". Finalmente un lieto fine per due persone che amo e che mi danno ancora fiducia nell'amore.

Mi auguro un giorno di trovare anche io un uomo e di provare un sentimento simile, ma soprattutto di essere ricambiata.

Tutti questi pensieri affollano la mia mente mentre sospiro sorseggiando il mio drink.

A un tratto mi volto e loro non ci sono più, probabilmente Marcello l'avrà portata in terrazza. *In bocca al lupo amici miei, meritate tutto il bene possibile.*

Si avvicina il fidanzato di Valentina, sapientemente vestito in accappatoio, con una busta di patatine in mano e mi dice ammiccando: «Principessa, la patata attira».

Valentina si precipita a riprenderlo ma, tirandolo,

l'accappatoio si sposta lasciando intravedere i boxer rossi su cui è raffigurato un riquadro argentato stampato proprio sui gioielli. La scritta "gratta e vinci" provoca l'ilarità generale.

Ecco la risposta alla domanda che mi sono posta quando ho visto il vestito di Valentina: chi si somiglia si piglia.

Ripensando però alla situazione non so se arriva prima il conato di vomito o l'ammirazione per il suo coraggio.

Con una scusa mi allontano e apro la porta scorrevole del soggiorno che mi porta in una seconda sala più piccola. Questo palazzo è proprio da rivista, ma quante stanze ci sono, costerà un patrimonio. E brava Valentina. Dietro la porta di fronte a me c'è la cucina, perfetto: dopo aver bevuto sento il bisogno di mangiare qualcosa. Sull'isola della cucina trovo un'alzatina con vol-au-vent di vario tipo, sushi, cupcake: il paradiso dei golosi. Prendo un rustico e lo esamino, ma proprio mentre sto per addentarlo pregustandone il sapore sento una voce alle mie spalle: «Sicura che vuoi farlo davvero?».

Colta in flagrante mi volto di scatto. Davanti a me un ragazzo vestito da Joker mi sta fissando. Ha gli occhi blu cobalto che mi ricordano il mare dell'isola di Paros, ma quello che mi colpisce è che sono grandi e buoni, deve essere una brava persona, i suoi occhi parlano. È snello, ma sembra avere i muscoli nei posti giusti. Meglio, odio i palestrati.

Ha il volto dipinto di bianco e il sorriso rosso come da copione, con una fossetta sulla guancia destra. È particolare, di solito le fossette sono due, ma la sua, da sola, lo rende sexy quando sorride. I capelli sono tirati indietro con il gel:

sembrano ricci visto la virgola finale che si crea sul collo.

Decisamente affascinante, rifletto in silenzio allontanando per un attimo il rustico dalla mia bocca.

«Sei proprio sicura di volerlo fare?», ripete lui.

Il cibo sembra buono, medito. Guardo in alto per assicurarmi che non sia caduto nulla dal soffitto, dopodiché riprendo a addentare il rustico mentre Joker mi fissa sempre più curioso.

«Non è caduto nulla sul cibo, tranquilla, volevo solo attirare la tua attenzione».

«Davvero?», borbotto un attimo dopo aver ingurgitato il boccone.

Quando sono nervosa mangio, come la maggior parte delle donne.

«Sei una principessa Disney, vero? Sei carina», continua sorridendo mentre mi squadra da capo a piedi.

«Sono un angelo», preciso. «Non si vede? Ho le ali». Mi giro per mostrargliele, nel caso gli sia sfuggito il dettaglio.

Joker aggrotta la fronte: «Sicura?», mi chiede dubbioso.

Sbuffo: «Se ti dico che sono un angelo, sono un angelo! Saprò pur distinguere una cosa dall'altra», gli faccio notare stizzita.

Mi sento un po' in imbarazzo qui con lui, così faccio per andare via, ma lui mi afferra per le ali: «Mi farebbe piacere che restassi. Oggi a lavoro non è stata una giornata facile e ho proprio bisogno di distrarmi, ma mi rendo conto che non mi conosci e il fatto che portiamo una maschera non aiuta la causa. So che potresti pensare a me come a uno stalker o un maniaco addirittura. Ti assicuro che non lo sono, facciamo così: io ti dico che lavoro svolgo e chi sono se fai lo stesso anche tu. Poi una volta presentati deciderai se vale la pena o meno continuare la nostra conversazione. Accetti?».

Strano è strano ma qualcosa mi dice che posso fidarmi, i suoi occhi sembrano buoni. Ci sto.

Annuisco. Non può essere peggio di quelli che conosco.

«Sono qui da un'ora e ho notato che sembrano tutti a loro agio, ma non io. Conosco solo Valentina, è una mia cliente. Nella vita in realtà sono il contrario di Joker, sono assai posato e prevedibile. Anche il mio lavoro per alcuni è noioso: dirigo un negozio finanziario di una grande multinazionale. Controllo sempre tutto, non sono padrone del mio essere poiché rappresento il marchio a lavoro. Inoltre non esistono giornate no, non esistono debolezze; io sono il capo e devo dare l'esempio. Il primo a entrare e l'ultimo a uscire. Devo motivare senza pressare. Insomma esiste solo il "qui e ora" e l'essere sempre e comunque focalizzato sugli obiettivi. La pulizia dell'azienda, la soddisfazione dei clienti, la gestione delle problematiche e del rischio del credito, insomma non è per niente facile. Da qui l'esigenza di essere diverso per una sera, per questo ho scelto Joker. Non volevo neanche venire a questa festa, ma il compagno della festeggiata è il figlio del mio capo quindi diciamo che sono stato gentilmente obbligato a partecipare», afferma impacciato. «Non volevo offenderti dicendo che sembri una principessa, anzi. Ho intravisto in te una scintilla, sembri così diversa dalle persone che frequento di solito, per questo ho deciso di parlarti anche se i tuoi occhi sembrano così tristi, come se non ti aspettassi nulla di buono da questa serata».

Deve essere un animo davvero profondo se ha capito tutto

questo unicamente osservandomi mangiare un rustico. Sono davvero impressionata.

«Hai ragione, hai centrato il punto, non mi aspetto nulla di buono da questa serata. Lavoro in una prigione finanziaria che vende cessioni del quinto, il mio capo è un volgare imprenditore di stampo camorristico e tratta tutti noi dipendenti come spazzatura, pagandoci una miseria perché è convinto che nessuno avrà il coraggio di andarsene con la penuria di lavoro che c'è qui a Napoli. Ma non riuscendo a piegare il mio spirito battagliero mi dà sempre nuove sfide da affrontare, alcune geniali, altre impossibili da realizzare. Pensavo di essere sfortunata, ma dopo aver sentito la tua storia credo di ammirarti perché dimostrare di essere all'altezza del ruolo, anche nei momenti bui, ti rende degno di stima e un uomo a cui dare una possibilità».

Il fatto che sia affascinante anche fisicamente, be', è un *quid* in più.

«Per quanto mi riguarda, considera che di solito sono il contrario di una principessa, per questo ho dato al tuo commento un'accezione negativa. Loro sono sempre truccate e vestite come ci si aspetta dal protocollo, sempre indifese e in attesa di un principe che le salvi. Io è una vita che mi salvo da sola. Dovermi preparare, per essere accettata in un mondo di apparenza, per me è davvero un dramma. Sono per la comodità senza rinunciare alla femminilità. Molti pensano che il fascino sia questione di stile, io penso che debba far parte delle proprie peculiarità. Per questo mi vedi oggi con gli occhi tristi: molti uomini, la maggior parte di quelli che ho conosciuto, sono troppo superficiali per capire cosa sia davvero importante in una donna, e in particolare in una relazione».

Voglio proprio parlare dei miei problemi sentimentali con uno sconosciuto, per giunta travestito da Joker? Meglio chiuderla qui, non voglio dare l'impressione di essere pedante già alla prima uscita, se così si può definire quello che sta succedendo qui.

«Ti capisco, anche per me è così, non pensare che alcune donne non ragionino con superficialità come alcuni uomini, il problema è da ambo i lati, credimi. Allora, cosa farebbe Joker davanti a una situazione del genere per risollevare la serata? Cercherebbe di tirarti su il morale. Hai mai sentito il detto "mal comune mezzo gaudio"? Che ne dici, ti va di farmi compagnia? Anche io sono triste e non mi aspetto nulla di buono da questa festa, se vuoi possiamo trasformarla in una serata divertente».

«Come possiamo fare?»

«E se, per una notte, questa notte soltanto, facessimo tutto ciò che ci passa per la mente senza pensare alle conseguenze? Del resto, il primo passo l'abbiamo fatto con la scelta delle maschere diametralmente opposte al nostro modo di essere, questo vorrà pur significare qualcosa».

«Che intendi?»

«Lasciarsi trascinare dalle situazioni, dire sì a cose che non avresti mai fatto; vivere il momento con leggerezza, come farebbe un angelo appunto, senza essere legato alla complessità dei pensieri umani: Un pizzico di follia che male può fare ogni tanto, è ciò che ci rende vivi».

Sante parole. Non so, c'è qualcosa che mi attira a lui.

Lo so che è assurdo affidarsi a un completo sconosciuto, ma il feeling che c'è tra di noi lo sento nelle vene, mi sento sicura, non so spiegarlo.

«Ok, ci sto», dico, forte dei miei pensieri per la prima volta. Di solito sono bravissima a consigliare e sbrogliare i problemi degli altri, ma sono un totale disastro per le decisioni che riguardano la mia vita e ultimamente adotto un teorema: fare il contrario di quello che sento.

Ma non stasera, stasera sarà ciò che sento a decidere quello che farò, per una sera dimostrerò a me stessa cosa si prova a essere sicuri di sé.

Usciamo insieme dalla cucina, indosso un sorriso di circostanza mentre facciamo il nostro ingresso nel soggiorno e noto che si sta consumando una gara di *beer pong*. Il gioco è molto semplice: ogni volta che qualcuno riesce a centrare il bicchiere con la pallina, l'avversario deve berne il contenuto.

Con uno sguardo, Joker mi invita a unirmi ai partecipanti. L'idea mi alletta. Chiedo timidamente di partecipare al gioco e quaranta minuti dopo sono talmente brilla che a malapena mi accorgo che tutt'intorno a me le persone stanno urlando: «Viva Giselle!».

Credono ancora che sia una principessa Disney, ma che importa, stasera posso essere qualsiasi cosa. E poi ho vinto.

«Accipicchia», esclamo sorpresa, «sono davvero rimasta sola a giocare, chi l'avrebbe mai detto».

«Hai fatto fuori tutti», chiosa lui, guardandomi soddisfatto. «Brava, vedo che hai preso in parola il senso di ciò che abbiamo detto», asserisce sorridendo.

Dio, quella fossetta la riempirei di morsi.

Becca, torna in te.

Ho bevuto troppo, ma riesco ancora a percepire il suo sguardo fisso su di me; sento una fitta improvvisa al cuore. Cosa mi sta succedendo? Ho visto una cosa simile solo nella parte finale del *Grinch*, vuoi vedere che... No, non è possibile, ho una cotta per Joker, aiuto.

Non finisco neanche di dare una spiegazione a ciò che provo che mi trovo catapultata di nuovo in cucina, dove adesso dei ragazzi stanno ballando sulle note della colonna sonora di *Dirty dancing*. Adoro quel film!

Joker mi guarda con fare sornione e annuisce. Facendosi strada tra la folla si sposta alla fine del corridoio della cucina. Non vorrà mica... oh no, è proprio quello che penso. Oddio, è impazzito, la protagonista del film ha impiegato tutta l'estate esercitandosi giorno e notte per fare bene quel salto, e adesso cosa faccio? La folla guarda Joker e poi me, capisce e inizia a dividersi ai lati della stanza.

La nuova me dice di farlo, la vecchia me ha già abbandonato il mio corpo. Non ho più scampo, guardo Joker che con le mani mi fa cenno di raggiungerlo. Tolgo le scarpe, almeno se mi dovesse succedere qualcosa si salveranno. Posso farcela, posso saltare tra le braccia di uno sconosciuto che non mi farà cadere, al contrario mi terrà in alto come un angelo con tutta la crinolina. Inizio a correre attraverso il corridoio e arrivata a tre piedi da lui mi lancio. Lui alza le braccia in un goffo tentativo di alzarmi in volo, ma mi colpisce in faccia mentre cadiamo fragorosamente a terra, io con un occhio che lacrima e lui sotto il peso del mio corpo e della mia vergogna. Ci applaudono, qualcuno grida che siamo stati grandi.

I miei occhi sono nei suoi e accade qualcosa, ma un bisogno impellente interrompe questa situazione tutt'altro che romantica.

«Devo fare la pipì», dico mordendomi il labbro e serrando le gambe.

Ma cosa ho detto, l'ho fatto davvero? Cosa ho, cinque anni? Che razza di figura.

Vedo Joker che, nonostante tutto, sembra divertito da questo mio modo infantile di esprimermi.

«Ti prego aiuto», lo imploro, «non ho la più pallida idea di dove sia il bagno e con questa impalcatura», sollevo il vestito, «non riesco a muovermi».

Non so nemmeno perché mi sto rivolgendo a lui, ma ho troppo alcol in corpo per ragionare in maniera lucida. Raggiungo a gambe strette l'altro lato della sala per rinfilarmi le scarpe, Joker mi segue.

«Devono essere davvero importanti per te queste scarpe».

«Sì, in effetti sono della mia migliore amica e ho la vaga sensazione che lei tenga più a loro che a me». Meglio non scoprire se questo pensiero sia la verità.

«Hai fatto bene a riprenderle allora, per la pipì non preoccuparti mi farò venire in mente qualcosa», mi rassicura. Mi prende per mano e mi accompagna nel primo bagno della casa, dove ci sono due ragazzi che si scambiano effusioni un po' troppo passionali. Nell'altro, l'interno della doccia, il lavabo e il bidet sono stati coperti da un enorme tavola su cui sono poggiati gli spillatori di birra e dei bicchieri, mentre nel gabinetto c'è una pianta.

«Che diavolo ci fa qui una pianta?», borbotto.

«Non ti sembra ovvio?», commenta Joker. «È assolutamente normale coprire uno degli strumenti di esigenze primarie con una pianta».

Scoppio a ridere e nel farlo sento una fitta alla vescica. «Oddio!», esclamo terrorizzata.

«Ho avuto un'idea, seguimi!». Mi prende per mano, imbocchiamo la scalinata e usciamo dalla villa fino a raggiungere il prato. Arriviamo a un albero che a colpo d'occhio mi sembra un pino. «Qui non ti vedrà nessuno», mi dice.

Strabuzzo gli occhi incredula: «Mi vedrai tu. E comunque come faccio con la crinolina?»

«Ci sono io», risponde in tono d'ovvietà.

Sono costretta a mettere da parte il pudore, me la sto facendo addosso. E poi è probabile che non lo vedrò mai più. Mi accovaccio a terra sperando di non beccare le scarpe col tacco che Mia mi ha prestato per la serata. Così, mentre Joker mantiene alta l'impalcatura guardando dall'altro lato, finalmente mi libero.

«Grazie, sei stato davvero un angelo, mi hai salvato la vita».

Lui mi accarezza la guancia e mi solleva il viso, per un attimo il mio sguardo è dentro il suo. Ci avviciniamo piano.

In un secondo scanso la sua bocca per assicurarmi di non colpirlo e inizio a vomitare copiosamente. Lui mi tiene la testa con una dolcezza infinita, mentre dal mio corpo escono suoni e odori che mai avrei immaginato di poter produrre. Dopo essermi ripresa, con il volto straziato dai conati e il trucco sfatto, sollevo lo sguardo su di lui che, nonostante tutto, mi sorride sussurrandomi: «Ora devo proprio andare, è stato bello conoscerti».

Penso di aver appena perso l'unica chance della mia vita di conoscere un ragazzo per cui sarebbe valsa la pena impegnarsi.

«Ok, grazie», gli dico. Del resto ha ragione ad andarsene, chi potrebbe ancora voler avere a che fare con me dopo aver vissuto un'esperienza tanto imbarazzante?

Sinceramente rattristata e delusa da me stessa inizio a salire le scale per trovare Mia o Marcello, o qualcuno che conosca la strada per riaccompagnarmi a casa.

Mi sento osservata, mi giro e Joker è ancora lì che mi guarda, assorto nei suoi pensieri. Mentre sto ritornando con lo sguardo verso le scale mi sento chiamare: «Ehi Giselle, ho trascorso una bella serata, volevo dirtelo. Magari non ci rivedremo più, ma a volte è bello conservare il ricordo di un sogno».

Tornata in casa cerco Mia tra la folla e finalmente sento la sua voce chiamarmi.

«Becca, ti sei divertita stasera, eh?», mi gira e contempla lo stato in cui sono. Noto uno sguardo diverso dal solito, come rattristato, e mi chiede: «Stai bene? Cosa ti è successo, non sembri neanche tu». Poi d'un tratto si ricorda delle scarpe e aggiunge: «Oh mio Dio, Becca, dimmi che sono intatte, dimmi che sei tu l'unica ad aver avuto un problema stasera, altrimenti io sarò il tuo problema per l'eternità».

Le poggio una mano sulla spalla ma che importa, la vita è bella, e le dico: «Tranquilla sono incolumi».

Le faccio vedere lo stato delle scarpe ancora ai miei piedi e lei con un sospiro di sollievo torna con l'attenzione su di me: «Ho visto cosa hai fatto».

«Ma non sai tutto quello che so io», le dico con aria sorniona. «Devo raccontarti quello che mi è successo, ho incontrato Joker...».

Lei si gira per un momento, cercando probabilmente Marcello, con sguardo triste riporta l'attenzione su di me e fa un sorriso di circostanza che conosco bene, è lo stesso di quando la madre le fa una critica travestita da battuta.

«In carne e ossa?»

«Certo che no», rispondo con aria autoritaria.

«Sono felice che ti sia divertita».

«A chi lo dici, a dirla tutta non mi riconoscevo neanche io, è stata una sensazione bellissima». Urlo alla strada: «Grazie mondo!».

«Va bene, va bene, piccolo angelo ottimista, ora raccogli tutta questa gioia e tienila per te, mi racconterai tutto appena arriviamo a casa, altrimenti ci ferma la polizia e ci misura il tasso alcolemico», dice dando un'occhiataccia a Marcello, come a indicargli di raggiungere la macchina. Ci riaccompagna a casa in un silenzio tombale.

Mi chiedo cosa sia successo. Vedendo lo sguardo perso nel vuoto di Mia cerco di indagare, ma lei mi liquida: «Ora non ce la faccio, domani ho un'importante riunione e ho bisogno di dormire».

Apre la porta senza proferire parola, si getta nel letto senza forze e io mi accoccolo accanto a lei abbracciandola.

«Sicura che non vuoi parlarne?»

«Sì», afferma.

Non mi sembra il caso in questo momento di sbatterle in faccia la mia felicità. O almeno credo che sia felicità, non lo so, ho una serie di sentimenti contrastanti nel mio cuore: felice di essermi messa alla prova, ma delusa poiché avrei potuto osare e chiedere il numero a Joker. Avrebbe potuto essere un potenziale flirt? Di sicuro per una serata mi sono sentita bene, sarà il caso di passare oltre e dare agli uomini un'altra possibilità? Rimango in silenzio abbracciata a lei. Meno male che i pensieri non fanno rumore. Ascolto i battiti del mio cuore e ripercorro mentalmente la serata.

CAPITOLO CINQUE

Perché se incontrarsi resta una magia, è il non perdersi la vera favola.

Massimo Gramellini

È giusto che un po' di gioia entri in questo mio mondo fatto di paura di amare e mancanza di fiducia.

Shakespeare diceva che "l'amore è la più saggia delle follie, un'amarezza capace di soffocare, una dolcezza capace di guarire": è arrivato il momento di provare a guarire. Del resto si dice che non importa da dove cominci, l'importante è come scegli di continuare il viaggio, e bisogna iniziare con l'affrontare ciò che ti fa paura.

Sono le due di notte, il buio intorno a noi circonda ogni cosa. Chiudo gli occhi e mi addormento tenendo abbracciata Mia.

Mi sveglio e guardo l'ora: sono le quattro e mezza.

Penso mi abbia svegliato il movimento continuo di Mia che si rigira nel letto senza sosta, la sofferenza che è in lei è tangibile. Questa situazione mi ha fatto capire che nulla va dato per scontato, soprattutto la felicità.

Sono pronta a darle tutto il conforto di cui ha bisogno, del resto quante volte è stata lei a sostenermi, a incoraggiarmi e a essere forte per entrambe? È arrivato il momento di restituirle l'affetto che ha saputo dimostrarmi in tutti questi anni, e per aiutarla mi chiedo cosa farebbe lei se fosse al mio posto.

Decido di alzarmi, tanto non riesco a prendere sonno. Esco dalla stanza cercando di non fare rumore e mi dirigo con passo felpato in cucina. Preparo due tazze di cioccolata calda e intanto ingoio un'aspirina.

Non avevo mai vissuto un post-sbornia, che strana sensazione! È proprio vero che per tutto c'è una prima volta. Il dolore alla testa è insopportabile, ma devo assolutamente riprendermi, devo farlo per Mia.

Sono trascorsi dieci minuti e la cioccolata è pronta, vellutata al punto giusto. La verso nelle tazze rosse del *Nescafé*, le nostre preferite, aggiungo un pizzico di peperoncino in polvere e dello zucchero di canna, proprio come facevamo all'università, e ritorno in camera.

Lei è sveglia e mi guarda, i suoi occhi sono gonfi di lacrime e il suo volto è sconvolto. Le rivolgo un sorriso comprensivo.

Si siede sul letto e mi fa posto vicino a lei, accennando un sorriso. Noto che non ha la forza di sostenere il mio sguardo mentre le porgo la tazza, emblema di tante confidenze. La avvolge tra le mani e annuisce al ricordo del suo significato:

ci sono cose che non cambiano mai. Si lascia andare a un pianto liberatorio, non sembra neanche lei... La ragazza che ho di fronte, così insicura e indifesa, non ha nulla a che vedere con la mia amica silfide. Da sempre è stata una musa per me, un modello a cui aspirare.

Lei che sa sempre come uscire dalle situazioni difficili trovando le giuste soluzioni, come se nulla possa scalfire la consapevolezza che ha di sé, ora ha l'aria smarrita e confusa. Vederla così mi stringe il cuore.

«Dimmi, cos'è successo?», la incalzo dolcemente.

Lei tira su con il naso: «Quando ieri sera ti ho detto che avrei dovuto svegliarmi presto per una riunione ti ho mentito», confessa tutto d'un fiato, senza alzare lo sguardo. Si vede che è in difficoltà. «La verità è che non avevo la forza di parlare».

Vorrei dirle che l'avevo intuito, ma resto in silenzio. Le accarezzo il dorso della mano con le dita per infonderle coraggio e farle capire che non è sola, e lei continua: «Con Marcello è finita», sussurra con voce funerea.

«Finita?! Ma cosa dici, come è possibile? Non ci credo, stai scherzando, dimmi che scherzi, Mia!», esclamo senza riuscire a trattenere lo stupore e lei scuote la testa.

«È finita davvero», ripete, «penso di aver raggiunto un punto di non ritorno». Si schiarisce la gola e io mi avvicino a lei mentre trattiene i singhiozzi per raccontare cosa è successo. «In terrazza, con la luna immersa nelle stelle, Marcello sembrava in imbarazzo. Mi sono sporta verso di lui per dargli un bacio e mi ha abbracciata, poi improvvisamente si è inginocchiato e tra le sue mani c'era una scatolina blu. Non ci credevo, era esattamente l'anello che avevo misurato in gioielleria quando ci siamo conosciuti in crociera». Un sorriso improvviso le illumina il volto, lasciando subito spazio a una smorfia di dolore.

Ricordo bene quella storia, ma ancora non riesco a capire cosa sia successo tra di loro.

«Vuoi dire che è da quel giorno che lo conserva?», le chiedo. Mia annuisce. «Ma è la cosa più romantica che abbia mai sentito». *Grande Marcello*, penso, ma subito mi reimmergo nell'ansia della storia.

«Anche per me è stata un'emozione molto forte», ammette lei. «Mi sono sentita in un turbinio emotivo, e invece di gioire ho avuto un attacco di panico. Ovviamente non si è accorto di nulla perché ho poggiato la mano sul petto e lui ha pensato fosse in segno di dolcezza, invece stavo cercando di aiutarmi a respirare. Il fatto di sentirgli dire che finalmente, per una volta, si sentiva davvero amato e ricambiato da qualcuno, al contrario di quello che succedeva con i suoi genitori quando il fratello era presente, mi ha fatto sentire come se tutto il suo mondo fosse sulle mie spalle, ed è stato troppo. La pressione era così forte che non ho retto».

«In che senso non hai retto?», chiedo coprendomi la bocca con le mani.

«Gli ho detto che non mi sento pronta a sposarlo e che è troppo presto per me, che non sono sicura di renderlo felice. Non era un no, ma un non ora».

Che, tecnicamente, equivale a un no ma con i puntini

di sospensione.

«E lui come l'ha presa?», balbetto senza aspettarmi nulla di buono dal seguito del racconto.

«Mi ha detto che se non sono pronta adesso, significa che non lo sarò mai, e che lui a questo punto ha sbagliato a credere in noi e nella nostra storia. Era deluso e io avrei voluto tornare indietro, riavvolgere il nastro per potergli dare una risposta diversa, ma ormai il danno era fatto. Dopo un attimo, mentre tra noi si faceva spazio il gelo, mi ha chiesto di trovarti per accompagnarci a casa. Dopodiché non mi ha più degnata di uno sguardo. Questa volta l'ho fatta grossa e non si può recuperare un errore del genere», mugugna con la voce rotta.

Vedo la sua disperazione e non posso fare altro che abbracciarla, accarezzandole i capelli. Le passo un Kleenex, ma penso in tutta sincerità che ci vorrebbe un lenzuolo.

«Come si può aggiustare un cuore spezzato, se a spezzarlo sei stata tu?», mi chiede a un tratto. Sa che non esiste una risposta a questa domanda.

Le afferro il viso costringendola a guardarmi negli occhi: «Mia, devi avere fede, non tutto è perduto. Vedrai che alla fine vi getterete alle spalle quello che è successo, lo sento. Il vostro è un amore vero, e gli amori veri possono cadere, ma si rialzano sempre. Possono allontanarsi per un breve periodo, ma alla fine trovano sempre la strada per tornare insieme, credimi».

Lei abbozza un sorriso e accenna un sì con la testa senza troppa convinzione.

Non posso dire a Mia quello che penso, la distruggerei.

La ferita che c'è dentro di lei, provocata dalla relazione dei suoi genitori, è così profonda da non permetterle di andare oltre. Preferisce non affrontare il problema piuttosto che dare a se stessa e a Marcello un'opportunità. Non sarei una brava amica se non provassi a farla riflettere.

«Credo che dovreste chiarirvi. Tu e Marcello non siete i tuoi genitori, non devi pensare che tutte le relazioni finiscano allo stesso modo. Prendi mia madre, che ancora oggi resta legata all'amore per mio padre anche se sono passati più di ventun anni. Non importa da dove veniamo, è ciò che scegliamo ogni giorno di essere che ci rende quello che siamo. Confida a Marcello le tue paure e vedrai che capirà».

«Becca, ma come hai fatto a capire?», dice sinceramente stupita.

«Che razza di amica sarei se non ti capissi al volo? E poi io sono l'esperta dei disastri amorosi e delle paure che rovinano tutto, anche se stasera mi è stato d'aiuto per comprendere proprio questo: siamo noi, con le nostre azioni, che possiamo cambiare il nostro destino. Il dire sì a cose inaspettate che non avremmo mai fatto ci può far vivere e vedere mondi in cui non ci saremmo mai addentrati se avessimo preso sempre le stesse strade. Quindi, amica mia, tocca a te lottare per la tua felicità, come io da oggi lotterò per la mia».

Mi guarda perplessa, ma so che ha capito il messaggio.

«Prometto che ci proverò, ma conosco la permalosità di Marcello e so che non mi perdonerà mai».

«Mai dire mai, il tempo lenisce ogni ferita e a volte le trasforma in nuove opportunità».

Sono euforica e triste per Mia allo stesso momento,

mentre le parole uscivano dalla mia bocca rivivevo i sì detti nella serata trascorsa con Joker, perché è grazie a lui che ho capito che, se voglio risultati diversi, devo compiere azioni diverse. Da oggi voglio lottare per la mia felicità e farò lo stesso per Mia.

Ora so cosa devo fare.

CAPITOLO SEI

Spesso s'incontra il proprio destino nella via che s'era presa per evitarlo.

Jean De La Fontaine

Mia stamani ha deciso di rimanere a casa per riposare, mentre io ho intenzione di rintracciare Marcello, ho bisogno di fargli capire la situazione.

A lavoro provo più volte a chiamarlo, ma parte la segreteria. Gli invio un messaggio su WhatsApp, ma noto che è offline da ieri sera.

Basta, così è tutto inutile, decido di andare da lui.

Raggiungo lo studio dove lavora che ormai sono le sei passate, a piazza Carità le statue dei leoni di pietra la fanno da padrone.

Con la coda dell'occhio intercetto le luci rosse della Feltrinelli, l'impulso di farci un salto è fortissimo. Adoro quel posto, riesce a tirare fuori il meglio di me. Quanti ricordi ci sono su quei tavoli, se quei muri potessero parlare quante cose potrebbero raccontare.

Mi preparo a salire in uno degli studi civilisti più importanti di Napoli e ho bisogno di tutta la faccia tosta che riesco a raccogliere, mentre percorro la strada che mi separa dalla porta del suo ufficio.

Suono il campanello, nell'attesa il mio sguardo è attirato dalle maniglie a forma di leone ruggente dalla cui bocca escono dei pomelli. Sarà anche uno degli studi più rinomati, ma a livello di gusto estetico siamo davvero rovinati.

Il rumore della porta automatica mi riporta alla realtà, entro in punta di piedi, ma questo non basta a farmi smettere di sentirmi piccola e inadeguata, attorniata da quelle immense scrivanie che si intravedono dietro i separé con i vetri oscurati e quei mobili in radica di noce che trasmettono un senso di austerità solo a guardarli.

All'ingresso, dietro la prima enorme scrivania sulla quale vedo collegati due pc e una serie di telefoni, mi accoglie la più carina delle segretarie: ordinata e impeccabile con gli occhiali e lo chignon.

Mi dice che non è possibile fissare un appuntamento con l'avvocato Scotti nei prossimi giorni poiché stamani ha improvvisamente comunicato un periodo di ferie. Di più non può dirmi per via della privacy.

Annuisco. È già stata molto gentile.

A questo punto sarà tornato veramente a Ponza. Non so proprio come dire a Mia che forse ha ragione lei: le cose sono degenerate e irreparabili, o almeno così sembrano.

Prima di rincasare decido di passare dalla pasticceria Poppella per comprare dei fiocchi di neve alla fragola, i preferiti di Mia, nella speranza che le tirino un po' su il morale. Purtroppo, appena varcata la porta di casa, ad aspettarmi c'è un'amara verità: Mia è seduta sul divano e sta leggendo un messaggio, a quanto pare il mittente è proprio Marcello.

«Dice che non devo chiamarlo», sussurra con le lacrime agli occhi, «per lui è troppo doloroso».

Inizio seriamente a detestare i cellulari, se potessi li incendierei tutti.

Decido di non dirle nulla della mia ricerca.

Il suono del mio telefono irrompe in quello che doveva essere un momento solenne. Lancio un'occhiata all'orologio alla parete: sono le otto, so già chi è.

«Mamma, buonasera, scusa ma non è il momento. Ti dispiace se ci sentiamo più...». Non faccio in tempo a finire la frase che Mia mi strappa il telefono dalle mani.

«Ho bisogno di un consiglio "adulto"», sottolinea ritirandosi in camera sua con mia madre ancora in linea.

Per un attimo resto basita. *Non capisco perché proprio mia madre*, rimugino fissando la porta.

Lei che è ottusa coi sentimenti, quale aiuto potrà mai darle? Io non sono mai riuscita ad aprirmi sinceramente con lei, mia madre è come la Bibbia: ricca di perle di saggezza, ma di non facile comprensione.

Chissà come la prenderebbe se le raccontassi di quello che ho passato con Max e di quello che ho fatto alla festa di Valentina. Dio non voglia che sappia del *beer pong* o, peggio ancora, della pipì sotto al pino.

D'improvviso il viso di Joker irrompe nei miei pensieri. In effetti oggi ho pensato spesso a lui e alla nostra *non storia*, quello che mi suscita più emozione sono i suoi occhi e la sua bocca, che a volte mi fanno sorridere senza motivo.

Chissà cosa mi suggerirebbe di fare in questa situazione, chissà se... sento la sua voce che dice: «Sicuramente è troppo difficile per Mia affrontare i suoi genitori in questo momento, hanno sempre adorato Marcello, non so come potrebbero prendere la notizia della loro rottura. Forse Mia spera che tua madre possa aiutarla a superare quello che ai suoi occhi sembra un lutto».

Mi giro come se fosse davvero vicino al mio orecchio a suggerirmi quelle parole. È una strana sensazione, ma ha ragione.

Scuoto la testa, devo proprio uscire con qualcuno, ora sento anche le voci, l'essere single non fa più per me.

Mi auguro che Mia non resti troppo delusa da mamma e, mentre aspetto che la telefonata si concluda, inizio a mettere la pentola sul fuoco, apro il frigo deserto e cerco di farmi venire un'idea. Anche questa sera ci toccherà pasta aglio, olio e peperoncino, sperando che il trito non sia scaduto. Per fortuna sembra di no.

Dopo mezz'ora Mia riappare e sembra stranamente sollevata.

«Dai tesoro, basta parlare, ho preparato una cena buonissima. Ora spariamoci una bella maratona della prima stagione di *Una mamma per amica*, come facevamo quando avevamo bisogno di pensieri felici».

«Ci sto, sai quanto tempo è che non la vediamo?».

Fisso il soffitto seduta in stazione, guardo l'orologio e sbuffo pesantemente, producendo una nuvola col fiato: sono le sette e venti. Ripenso a Joker, al suo viso, alla sua voce, e mi domando come sarebbe stato viverlo nella vita reale, che aspetto avrebbe avuto.

Ora basta, mi sto deprimendo.

«Ma quando arriva questo benedetto treno?», mi lamento ad alta voce.

Oggi la giornata è molto fredda e la panchina della Vesuviana è davvero ghiacciata, meno male che esistono le calze termiche. Apro la borsa per prendere dei fazzoletti, ma nel rovistare mi cade un guanto a terra. Non faccio in tempo a chinarmi che un ragazzo seduto al mio fianco mi precede. Nemmeno mi ero accorta della sua presenza, a volte ho proprio la testa fra le nuvole.

«Grazie», gli dico sollevando lo sguardo, ma appena i suoi occhi incontrano i miei, sento avvampare le guance.

«Prego», dice lui sorridendo, poi si volta e io resto a fissare come un'ebete il ciuffo ribelle che spunta dal cappuccio.

Quando l'ho guardato ho avuto un déjà-vu, come se lo conoscessi, eppure non mi ricorda nessuno.

Distolgo lo sguardo mentre il treno arriva e si ferma. Saliamo insieme senza rivolgerci la parola, lui si siede a lato del corrimano, assorto nel suo iPhone, io sul lato opposto.

Lo guardo di nuovo, non posso farne a meno: la curiosità è donna, si sa, e lui è uno strafigo. Alzo il cellulare all'altezza degli occhi e scosto lo sguardo per spiarlo senza farmi notare.

Di solito il tempo trascorso inutilmente in Vesuviana è trasformato in tempo di qualità guardando le puntate delle mie serie preferite. Ma oggi neanche una puntata di *How I met your mother* riesce a distogliere i miei pensieri da lui. E devo dire che adoro sul serio i protagonisti di questa serie, mi danno la forza di affrontare con un sorriso Nisida: forse è vero che la vita è di chi cammina sui cadaveri, del resto il Dottore cammina con una Jaguar mentre io mi sposto in treno.

A volte però anche il non possedere molti soldi aiuta, in questo caso è grazie alla Vesuviana che ho avuto modo di incontrare questo Mr Sconosciuto.

Imbocchiamo insieme le scale e sbuchiamo nel parcheggio della zona centrale, poi ci dirigiamo entrambi verso l'ascensore. Le porte si aprono ed entriamo.

«Che piano?», mi chiede Mr S.

«Il primo». Non posso non guardarlo, mi giro verso lo specchio, fingo di aggiustarmi i capelli, mi avvicino. Accipicchia se ha un buon odore.

L'ascensore si apre, addio idillio.

«Arrivederci», dico.

«Arrivederci», fa un cenno con la mano e prosegue per la sua strada girando a sinistra prima di svoltare l'angolo, mentre io giro a destra verso l'isola d4 dove c'è il palazzo del "credito che ti rende felice".

Dal mio ufficio open space vedo il Vesuvio, è uno spettacolo stupendo. Questo panorama non ha prezzo, anche se lo osservo da un luogo che disprezzo. Adoro questa città fatta di tutto e il contrario di tutto, c'è sempre da aspettarsi che ti offra cose mai viste in cui perdersi, è un *nonsense* continuo, non c'è nessun altro posto in cui vorrei vivere, e questo mi rende felice.

E poi oggi è giorno di stipendio.

L'Avvocato, così chiamano colei che si occupa di risorse umane, amministrazione e degli affari legali della società, di solito ci convoca a uno a uno per consegnarci l'assegno e farci firmare la nostra busta paga, che ovviamente è più alta rispetto al denaro che realmente ci dà.

Aspetto con pazienza il mio turno fino alla chiusura, ma sono le cinque e non mi ha ancora chiamata. Fra poco perdo il treno di rientro, quindi vado tutta arrabbiata da lei. Sono passati due anni e mezzo dal mio primo stipendio e ogni volta devo fare questa manfrina, assurdo.

«Ha ragione Caracciolo, c'è stata una dimenticanza, questo mese non abbiamo fatto altro che spostare pacchi da un ufficio all'altro». Mi chiedo che cosa c'entri questo con il fatto di non aver ricevuto l'assegno.

Ma il punto di non ritorno è stato toccato la settimana scorsa, quando ho sentito dire al mio capo, dopo l'ennesimo errore di una povera stagista, che le avrebbe fatto la pipì in testa. La motivazione? Lei era troppo una brava ragazza e per questo non si confaceva alle esigenze della sua azienda.

Fare la pipì in testa a una persona, trattare un altro come un wc, ma chi può pensare di dire una cosa del genere? Solo chi non ha un minimo di rispetto per la decenza umana.

Questa frase turberebbe la stima di chiunque, ed ecco perché c'è un continuo giro di nuove persone. Non si può passare su certe cose, va bene i soldi, va bene lo sfruttamento, ma la dignità umana dove la mettiamo?

Ora però è tutto diverso, c'è una leggera brezza per alzarsi la mattina, profumo di qualcosa di nuovo: ormai Mr S. è un appuntamento fisso, alle 7:30 nella Vesuviana di piazza Garibaldi.

Mai che scambiamo più di alcune parole, ma la sua sola presenza mi dà il buonumore, anche se la maggior parte delle volte è in compagnia di modelle da copertina. Di sicuro non potrà mai essere single.

Hey, basta! Parola d'ordine di oggi è focalizzarsi sul lavoro.

Arriva il giorno del colloquio per cui ho preso un permesso: cercano una stagista per un call center finanziario per seicento euro. Non so se col tempo riuscirei a sopportare le cuffiette, ma bisogna pur partire da qualche parte per un cambiamento, mal che vada avrò fatto un'esperienza.

Arrivata sul posto comprendo subito che nulla è semplice e che il detto *mors tua vita mea* è un mantra per molte persone. La prova consiste in una finta conversazione tra due candidate. L'una rappresenta la cliente e l'altra il call center che deve risolvere il problema grazie a un format prestampato di possibili risposte.

Ci chiamano a due a due. Di solito la responsabile del personale chiede chi delle due preferisce fare la cliente e chi vuole interpretare il call center. Nel mio caso l'altra candidata decide in autonomia di fare la cliente lasciando a me la patata bollente. Inizia subito a sbraitare su come questa sia l'ennesima telefonata fatta per avere accesso alla visibilità online del suo prestito, augurandosi che io non sia un'altra incompetente che non è in grado di risolvere il problema. Non demordo, inizio a inventare di sana pianta una possibile risoluzione, per fortuna ho dimestichezza con i problemi dei servizi online, ma il mio tentativo di risposta rende furibonda la mia antagonista che, non sapendo più che cosa inventarsi per farmi fare brutta figura, mi attacca il telefono in faccia.

Ho dovuto dire addio alla possibilità di essere assunta e di andare via dalle grinfie del Dottore, ma come si dice mi piego ma non mi spezzo. Dopotutto "chi la dura la vince".

CAPITOLO SETTE

Per essere un faro, devi essere abbastanza forte da resistere a ogni tipo di tempesta, a ogni genere di solitudine e devi avere una potente luce dentro di te!

Mehmet Murat İldan

Sta arrivando il Natale, per Mia sarà il primo senza Marcello.

«Ho fatto una scelta Becca, ho deciso di mandare giù tutto e fare finta che non sia mai successo...», me lo dice in un modo in cui si capisce che sta cercando di autoconvincersi, mi fa davvero tenerezza.

«Mia credi veramente di poter tornare alla vecchia normalità, quella in cui Marcello non esisteva?», il mio sguardo vale più di mille considerazioni, lei comprende e aggiunge subito dopo: «Posso parlare solo dal mio punto di vista, e direi che la risposta alla tua domanda è ovviamente no.

Ma voglio pensare che alla fine troverò una nuova normalità, e col tempo funzionerà talmente bene che a volte non riuscirò più a distinguere le due situazioni. So solo che fino a oggi non ho ancora le idee molto chiare di cosa sarà il mio futuro e del peso che porto sul cuore per ciò che ho fatto. ma soprattutto che ho perso».

Ha tutto il mio appoggio, so bene che per lei non è un periodo facile. Si dice che il tempo lenisca tutte le ferite, ma il suo sguardo è cambiato. Nel frattempo, si è data alla corsa, è diventata una piacevole abitudine mattutina e di solito arriva fino al mare. Saranno circa tre chilometri. Correre le infonde la giusta calma per affrontare l'assenza, il solco che ha nel cuore. Questo è quello che mi ha raccontato per farmi capire come si sente ora.

La strada che ha scelto è perfetta per riflettere: una lunga passeggiata che da un lato fiancheggia la villa comunale di Napoli, immersa nel verde, e dall'altro costeggia il mare. Quante cose fatte su quel percorso, quanti ricordi, baci rubati, ansie e risate, discutendo di come superare quell'esame con il professore stronzo, per poi ritrovarsi lì, la sera, con la solita compagnia di amici, a mangiare i famosi cornetti bi-gusto presi al Ciottolo, aspettando l'alba guardando il golfo. Per me è una delle passeggiate più belle al mondo.

"Vedi Napoli e poi muori" diceva Goethe, e come dargli torto. Tutta la strada lato mare è delimitata da ringhiere che si innestano in dei muretti, dando la possibilità di accomodarsi e godersi lo scroscio dell'acqua che si infrange sugli scogli a pochi metri di distanza, un panorama mozzafiato.

So come si sente Mia, cosa significa avere il cuore spezzato, e vorrei davvero poterla aiutare, ma a ben vedere forse non posso comprenderla appieno, perché non è lei a essere stata ferita, ma è invece la responsabile del suo "fallimento".

Adoro questo periodo dell'anno, essendo nata il 22 dicembre non potrebbe esserci un momento che mi renda più felice: il cioccolato, l'allegria, il freddo, le luminarie e la famiglia.

Ed è questo che ho trovato con Mia, una famiglia, non convenzionale, ma perfetta per me.

Il giorno del mio compleanno Mia mi chiede di addobbare casa: ormai la Vigilia è vicina, e che Natale sarebbe senza albero e presepe?

Da piccola a casa Caracciolo avevamo una tradizione: ogni anno mio padre, nel giorno del mio compleanno, mi portava a San Gregorio Armeno per trovare, tra le botteghe caratteristiche dei mastri artigiani, delle statuette da aggiungere al nostro presepe e, tornati a casa, mamma preparava la mia torta preferita, la crostata di mela e cannella. Sono sicura di avere ancora le foto da qualche parte.

In questi giorni dell'anno papà mi manca più del solito, ma per far passare la tristezza ho portato avanti la tradizione con Mia. Sono sorpresa che nonostante tutto voglia farlo, ma accetto di buon grado.

Usciamo, anche se so che la via dei presepi di mattina è meno suggestiva.

Passeggiamo lungo la strada, osserviamo con molta attenzione le varie botteghe: la somiglianza dei personaggi famosi creati dalle abili mani degli artigiani è impressionante, credo sia davvero un'arte. Mi giro e in bella mostra trovo la Ferragni vestita di tutto punto in posa per un selfie, dall'altro lato mi colpisce un tavolo su cui sono seduti i giudici di *XFactor*: sono senza parole, la Maionchi è uguale.

«Becca, non ci credo, guarda è proprio lui, L'immortale!», grida Mia tutta eccitata.

«So che vai pazza per lui, ma ti sembra opportuno metterlo nel presepe?».

«Certo che lo è, sarebbe una perfetta guardia del corpo all'ingresso della grotta, con lui la sacra famiglia non avrebbe nulla da temere. Già lo vedo girarsi verso Gesù appena nato e dire "Mò sta guerra è pure a mia"».

Scoppiamo in una fragorosa risata, poi rifletto e le dico con aria preoccupata: «Sei consapevole che mia madre mi ucciderà vedendolo?».

Accenna un sì con la testa e lo prendiamo, era tanto che non le vedevo sul volto un sorriso così raggiante.

Nel rientrare a casa si è ormai fatta ora di pranzo, così ci fermiamo a prendere una pizza Da Michele, la più buona della città. Non essendoci mai posto a sedere decidiamo di mangiarla per strada piegandola a portafoglio. Ci sediamo su un muretto e ci dividiamo una birra rossa. In un attimo siamo tornate a quando tutto era semplice e i problemi potevano essere risolti con una pizza e una chiacchierata.

«Certo che, per essere dicembre, si sta proprio bene all'aperto quando c'è il sole».

«Sono d'accordo», risponde con un sospiro.

Cestiniamo ciò che resta del nostro lauto pranzo, e cioè solo il vetro della bottiglia e i fazzoletti di carta sporchi di sugo, e in un battito di ciglia siamo di nuovo nel nostro appartamento. Mia mette Ciro fuori dalla grotta e i pastorelli vanno subito in fila dal suo lato. Presepe fatto.

Povero bambinello, chissà cosa penserà quando, la Vigilia, verrà messo nella mangiatoia.

Prendo l'albero e lo impiliamo nelle morsette per farlo stare dritto, Mia aiuta a dispiegare i rami, aggiustando gli aghi per farlo sembrare più pieno. Srotoliamo le luci e le accendiamo così da vedere l'effetto finale luminoso, io metto su il vinile di Bublè ed è subito Natale.

Su molte delle palline sono ritratte delle nostre foto, e mentre lo addobbiamo ci lasciamo andare ai ricordi di quando eravamo piccole. Ogni anno abbiamo l'usanza di aggiungere un oggetto diverso, anche di un costo irrisorio, ma ci deve essere sempre un pendente nuovo.

A un tratto, mentre studiamo dove posizionare un elfo sugli sci, Mia si blocca prendendo una sfera dipinta a mano, il suo volto è rigato dalle lacrime: è la pallina blu di Ponza, il primo regalo di Natale di Marcello. La fece dipingere da un vetraio, sul lato anteriore è scritta la data in cui si sono conosciuti e le loro iniziali, su quello posteriore una vista spettacolare dell'isola dove viveva Marcello, quasi a simboleggiare che la sua vita fosse iniziata quando l'aveva conosciuta.

Che stupida che sono, ho dimenticato di nasconderla, mi ripeto mentalmente osservando la sua reazione.

Ad un tratto si strofina gli occhi. «Esco per un po'», mi dice dopo aver indossato la tuta da jogging.

«Finisco io», la rassicuro. «E già che ci sono preparo anche la cena». So già cosa potrebbe renderla felice: lasagne al pesto e prosciutto cotto.

Finito l'albero con un quarto delle decorazioni con cui lo addobbiamo di solito, nascondo la pallina sul fondo del mio armadio, dove Mia non potrà vederla, e mi incammino verso il negozio Eccellenze Italiane che si trova in via Marina.

Me ne ha parlato Laura tante volte, dicendo che lì si può trovare qualsiasi bevanda o cibo che abbia un sapore diverso dall'usuale. Mi sono ripromessa di rendere felice Mia, e se spendere un mare di soldi per degli ingredienti di prima qualità e un vino d'eccellenza può contribuire alla riuscita, be' sono disposta a tutto.

Prenderò il necessario per la ricetta e questa volta mi farò consigliare anche un vino rosso particolare.

Arrivata davanti all'enoteca trovo Mr S. Non ci credo!

Da oggi diventerà un negozio che frequenterò abitualmente, farei di tutto per poterlo incontrare di nuovo.

Oggi la S sta per "stile": indossa un maglioncino celeste polvere su un blue-jeans scuro, delle sneakers scamosciate perla e un bomber blu dalla cerniera aperta.

Non mi aspettavo che fosse anche un esperto di enologia: lo vedo che si dilunga in una dissertazione su un vino che ha appena acquistato, e qualcosa mi dice che si tratta di un regalo. Lo fa inserire in una scatola di legno.

Mi sento avvampare, in un nanosecondo penso se scappare o entrare. Resto fuori in attesa e prendo il cellulare fingendo di scrivere, così ho il tempo di sbirciare facendo la disinvolta.

Entro mentre il commesso gli offre dei pezzettini di pecorino invecchiato nel mosto da intingere in un miele di castagno e mi faccio coraggio.

«Posso?», dico con fare speranzoso.

«Ma certo», risponde passandomi il piattino.

«Ma è davvero squisito, ha un gusto paradisiaco!».

«Allora Carlo, mi raccomando, regala alla signorina un pezzetto di paradiso e mettilo sul mio conto».

«Troppo gentile, non posso accettare». Chissà quanto costa questo pezzetto di paradiso, non credo poco.

«Non si preoccupi, è bello poter iniziare qualcuno alla buona cucina».

Forse avrò la faccia da McDonald's. Mentre rifletto se picchiarlo o lasciargli i soldi per fargli comprendere che non sono una stracciona, lui fa un cenno di saluto con la testa, sembra davvero soddisfatto. In questo caso la S sta per "stupido" o "signore", dipende quale fosse il suo scopo.

Decido di ricambiare il saluto, non credo mi abbia riconosciuto.

Poso in tasca il cellulare e, appena lui esce, mi avvicino al proprietario.

«Signorina, a parte il pecorino e il miele, in cosa posso esserle d'aiuto?».

Mi schiarisco la voce: «Sto cercando un vino che sappia esaltare il sapore di una lasagna al pesto».

L'uomo mi fissa sollevando un sopracciglio: «Esaltare il sapore di una lasagna? Al pesto? Una lasagna al pesto», ripete.

«Sì, una lasagna al pesto».

Mi consiglia un Mastro Bernardino del 2009. «Sicuramente il pesto sarà molto "esaltato" da questo vino», mi assicura.

Torno a casa e inizio a spadellare, ma ben presto la cucina si trasforma in un campo di battaglia, ammetto di non essere proprio Benedetta Parodi, se non altro l'ho fatto col cuore e credo sia questo ciò che conta. Chissà se a Mia piacerà la mia idea.

Provo a mettere a posto, ma ho bisogno di rilassarmi, ho troppe emozioni da gestire.

Mi sento sopraffatta da quell'agitazione che provo quando vedo Mr S, e in questo momento la S sta per "sogno"; tuttavia sono anche triste per la situazione di Mia, che desidererei provare a risolvere. A volte vorrei un segno per capire il da farsi.

E poi c'è il senso di vuoto che ho quando penso a mio padre. Mi piacerebbe potergli chiedere il suo punto di vista come uomo, forse se ci fosse ancora avrebbe potuto mettermi in guardia da alcune delle persone che ho frequentato, così avrei evitato di soffrire.

Ma questo non succederà, e ora più che mai dovrò imparare a camminare grazie ai miei errori, sperando di non commetterli di nuovo.

Il mio pensiero va di nuovo a Mr Sogno, ogni volta che lo vedo mi rendo conto che torno a essere un'impacciata sedicenne alle prese col primo amore, eppure sono una donna adulta, con delle significative esperienze alle spalle (vedi Max), dovrei aver acquisito un minimo di sicurezza. Tuttavia, quando gli sono di fronte, il mio cuore va in apnea. Mi chiedo cosa pensi lui di me, come mi vede?

Turbata e rassegnata al fatto che "al cuor non si comanda" mi siedo sul divano. Dopo qualche minuto Mia rientra agitata e zoppicante.

Mi alzo di scatto chiedendole cosa è successo: «Stai bene o vuoi che ti accompagni in ospedale? Zoppichi».

Nessuna risposta, ma il suo viso è illuminato da una felicità inaspettata. Capisco!

«Ti farò solo una domanda, hai visto Marcello?».

Lei annuisce: «Becca non puoi capire, mi ha salvata. Sono inciampata su un sanpietrino e ho fatto un volo cadendo sul piede destro, ma lui mi ha presa in braccio e chiamato un taxi. È il suo super potere essere sempre presente quando ne ho bisogno, mi manca, vorrei che tutto tornasse come prima. Vorrei avergli detto sì quella sera da Valentina, sono una stupida e non me lo perdonerò mai». Abbassa lo sguardo, si vede che pensa di meritare questa punizione.

Si gira verso la cucina, che versa in uno stato pietoso. «Ma cosa hai fatto, Becca?». Mi guarda e mi sorride, comprendendo lo sforzo: quel sorriso mi ripaga di tutta la fatica.

«Non ci credo, hai comprato anche un vino pregiato!».

«Certo Mia, tu meriti questo e tanto altro. Vorrà dire che ti porterò la lasagna sul divano e la mangeremo gustandola fino all'ultimo boccone, di fronte a un albero con poche decorazioni ma tutto illuminato, proprio come piace a noi».

C'è aria di Natale, e a Natale tutto può succedere, anche i miracoli, proprio come direbbe mia madre. È il compleanno più bello della mia vita.

Domani riprovo a parlare con Marcello, ho deciso.

Il segno è arrivato.

Sono le 18:00 ed eccomi di nuovo qui, fuori dallo studio di Marcello. Questa volta non riuscirà a sfuggirmi.

Seduta al bar di piazza Dei Martiri fingo di leggere una rivista mentre osservo il palazzo, sperando di vederlo uscire. Nell'attesa ordino una Caipiroska alla fragola per cercare di allentare la tensione: so esattamente cosa dirgli, però la situazione mi mette a disagio. Vorrei che Mia fosse felice, tuttavia la mia iniziativa potrebbe non portare i risultati che spero.

Dopo circa un'ora e mezza di attesa sono quasi tentata di levare le tende. Sto per alzarmi, quando intravedo Marcello che si dirige verso la sua auto, impugna le chiavi e preme il pulsante per togliere l'antifurto.

Lascio i soldi sul tavolo e inizio a correre per raggiungerlo in tempo, prima che salga a bordo. Gli piombo alle spalle, e lui, nell'avvertire una presenza, fa un passo indietro.

«Becca!», esclama spaventato. «Avresti potuto farmi venire un infarto, lo sai? Ma sei impazzita?».

«Non me ne andrò finché non mi avrai assicurato che tenterai di risolvere il tuo problema con Mia», lo minaccio.

Mi ascolta serio e trascorriamo i successivi venti minuti a parlare. A dire il vero io parlo, lui tace.

Alla fine, gioco il tutto per tutto: «Marcello, Mia ti ama moltissimo e le manchi infinitamente. Non passa minuto in cui non pensa di voler rimediare a quello che ha fatto, permettile di spiegarti il suo stupido comportamento di quella sera. Non buttare tutto all'aria per orgoglio, potresti rimpiangerlo per il resto dei tuoi giorni, e non lo meritate». Sento le lacrime scendere copiose sul viso, non riesco a fermarmi.

Marcello sorride e mi abbraccia con tenerezza.

«Non preoccuparti piccolina, andrà tutto bene, ti prometto che rifletterò seriamente sulla possibilità di parlare con Mia, intanto ti accompagno, fa troppo freddo stasera».

Mentre salgo le scale che portano al nostro appartamento decido di non dire a Mia di aver parlato con Marcello, immagino che la farebbe soffrire troppo.

Certo che l'amore è un sentimento folle, passiamo ore a dire e dimostrare all'altro che lo amiamo, dimenticandoci di comunicare anche le paure che questo sentimento porta con sé: la paura di perdersi, di non essere all'altezza dell'altro, di non dare o avere tutto l'amore di cui si ha bisogno. Quanti rapporti finiti avrebbero potuto salvarsi se ognuno si fosse presentato all'altro con sincerità, mettendo in discussione anche le proprie fragilità e non solo i pregi. Conoscere i luoghi bui dell'animo dell'altro e aiutarlo a superarne i limiti porterebbe a evitare tanti litigi, ma soprattutto ad avere una maturità di coppia tale da superare qualsiasi ostacolo la vita possa presentare. Siamo esseri imperfetti e come tali abbiamo paura che le nostre difficoltà non vengano accettate, quindi le nascondiamo a lui e anche a noi, ma le paure non ci abbandonano, aspettano il momento in cui la vita ci mette alla prova ed è lì che mandiamo tutto all'aria.

Prometto che nella mia prossima storia giocherò a carte scoperte, parlerò delle mie insicurezze, della mia paura di essere tradita e abbandonata; non voglio trovarmi a perdere ciò che più amo al mondo per paure che mi porto dietro dall'infanzia o dalle mie esperienze pregresse. E se l'altro non mi accetterà per quello che sono vorrà dire che non è quello giusto. In fondo quello che si dice è vero, sai chi è quello sbagliato: colui che precede l'uomo giusto.

CAPITOLO OTTO

Amami o odiami. Entrambi sono a mio favore.

Se mi ami, sarò sempre nel tuo cuore.

Se mi odi, sarò sempre nella tua mente.

William Shakespeare

Alle 7:35 del mattino sono vicina alla solita panchina rossa, un po' preoccupata. Stamattina Mr S, oggi la S sta per "strano", non si è fatto vivo, ma forse è in ferie natalizie. Fisso sconfortata il treno raggiungere la banchina e salgo, quando all'improvviso, con la coda dell'occhio, lo vedo correre scapicollandosi verso le porte. Mi precipito al centro con le braccia aperte per non farle chiudere, creando reazioni opposte nei passeggeri: ovviamente nessuno fa i salti di gioia di fronte all'ennesimo contrattempo.

Ti salvo io Mr S, urlo nel profondo della mia mente.

Questa volta la S sta per "salvato".

Il macchinista esce dall'abitacolo inferocito: «Cosa diavolo sta succedendo? Spostati, non vedi che siamo già in ritardo?».

«Siamo sempre in ritardo», replico con il fiato corto. Il tizio borbotta qualcosa e sparisce.

Mr S, in questo momento sta per "senza paura", intanto è riuscito a entrare e mi sento soddisfatta. Lui mi guarda con quel suo fare così sexy e accenna un sentito: «Grazie mille».

Ancora affannato poggia le braccia sulle gambe per riprendere fiato. Non ha neanche una goccia di sudore. *Si vede che è uno sportivo o un alieno, come minimo io sarei arrivata fradicia*, rimugino mentalmente. Inoltre, nonostante la corsa, il suo profumo *Emblem* di Montablanc è ancora più forte se possibile. Lo adoro, era il profumo del mio primo amore, lo riconoscerei ovunque.

«Non c'è di che», rispondo a fior di labbra. A onor del vero la sua attenzione mi inibisce.

«Sono Davide», si presenta porgendomi la mano.

«Piacere, Rebecca, ma gli amici mi chiamano Becca».

«Io ti ho già vista, ma dove? Ah, ecco, ora ricordo, tu sei la ragazza delle sitcom. Ho notato che spesso ridi da sola guardando il tuo cellullare».

«Detta così sembra molto triste», ma sorrido lo stesso, almeno mi ha notato. Come si nota una squilibrata, o una donna che parla da sola per strada...

«Era per dire che la tua risata non passa inosservata», spiega. «Mi piace iniziare la giornata con un sorriso e francamente non troverei modo migliore per occupare il tempo del viaggio».

Annuisce sorridendo: «Anche io sono un fan, ma purtroppo tra chiamate, email e varie sono sempre impegnato». Detto questo riprende il suo iPhone guardandolo con aria preoccupata.

«Qualcosa non va?», gli domando.

«Ho un problema con il cellulare», risponde fissando lo schermo. «Il fatto è che devo essere per forza reperibile. Chissà se al centro direzionale c'è un negozio di elettronica per trovare un caricabatterie? Sai, sempre chiuso in ufficio a volte dimentico anche di pranzare, non saprei proprio dove andare. Google dice che il negozio più vicino è a un chilometro di distanza una volta sceso all'isola e2».

«Se può esserti utile ho con me una power bank. È compatibile con diversi dispositivi».

In un guizzo di felicità mi abbraccia e io mi irrigidisco mentre il cuore mi scoppia in petto.

Lui si stacca: «Scusami, sul serio, sono stato fuori luogo. Ma tu non sai cosa significhi per me, mi hai salvato. Ti dispiacerebbe prestarmela? Io lavoro all'isola g7 in un'agenzia finanziaria, potrei riportartela alla chiusura se ti fidi. Prometto di non essere un ladro», sorride.

«Questo è tutto da vedere. Ma io vado via alle 16.50 poiché passa l'ultimo treno di linea per Napoli Garibaldi, dopo quell'ora qui nel sottopassaggio è un deserto, e non amo rimanere da sola».

«Posso comprendere, in realtà anche io non mi sento proprio a mio agio in questi sottopassaggi, di solito preferisco fare la strada a piedi fino alla linea 1 di Garibaldi e da lì prendere la metropolitana per casa. Allora facciamo così, che ne diresti se ti invitassi a pranzo oggi stesso? Unirei l'utile al dilettevole: mezza giornata in carica mi sembra più che sufficiente, e poi garantirei al mio corpo qualcosa da mangiare».

«Lo faccio con piacere, non devi sdebitarti, si vede che sei un ragazzo perbene».

«Ma se non mi conosci nemmeno!».

«E invece sì, qualche giorno fa mi hai regalato un pezzo di paradiso senza conoscermi».

«Non ci credo, la ragazza del formaggio! Ma eri diversa, portavi gli occhiali e anche un gonnellone imbarazzante».

«Sì, ero in piena crisi pre-fornello», mi sa che ora la S sta per "stronzo".

«Non che ti stia male lo stile gitano, ma oggi non so, con questo velo di trucco sembri diversa».

«Va be', non arrampicarti sugli specchi, ti presto la power bank, ma mi raccomando, ci vediamo alle due da Vegan & Pizza».

«Ti avrei portato proprio lì, ottima scelta».

Se almeno dovrò fingere che sia un appuntamento, facciamolo in una location di tutto rispetto. Un posto dove un caffè costa tre euro sembra un ristorante stellato più che un semplice bistrot nel centro direzionale.

Il treno si ferma e scendiamo insieme a un'altra trentina di persone. Saliamo le scale che portano ai garage del centro e poi altre scale che ci riportano al lato strada con i palazzi, e percorriamo insieme un tratto della via.

«Davide ora devo lasciarti, sono quasi arrivata al palazzo dove lavoro, all'isola f9».

Invece lui prosegue dritto, verso l'isola g7 che è a circa cinque minuti di cammino più avanti.

«Allora a più tardi, mi raccomando i tacchi».

S sta per "spiritoso", a quanto pare.

«Non farmi cambiare idea».

«Scherzo, a dopo e buon lavoro».

Arrivo sotto il palazzo del "credito che ti rende felice" quasi inconsapevole, come se volassi; ancora non riesco a capacitarmi che è successo davvero e non l'ho sognato.

«Becca, ma chi è quel figo pazzesco con cui parlavi prima?», mi chiede Laura, che fumando una sigaretta affacciata fuori dal terrazzino del nostro ufficio ha visto tutto.

«Si chiama Davide e mi ha invitata a pranzo», le racconto ancora frastornata.

Max ormai è un ricordo sbiadito, allora perché mi scoccia dover dire a Laura con chi stavo parlando? Proprio non lo capisco, questo mio stato d'animo.

«Wow, tu che accetti un appuntamento, questa sì che è una novità», esclama lei.

Non so come prendere il suo commento, nel dubbio passo oltre.

Il Dottore oggi si è svegliato dal lato sbagliato del letto, che poi mi chiedo se si svegli mai dal lato giusto: grida come un pazzo, anche se non è ben chiara a nessuno la motivazione, né è facile comprendere ciò che sta dicendo, per cui dobbiamo solo beccarci una cazziata gratis non sapendo minimamente come placare la sua ira.

Vorrei essere una sfinge, non quella egiziana, ma quella

della *Storia infinita*, l'Oracolo del Sud, che incenerisce con gli occhi chi non è valoroso e non sa rispondere all'indovinello, per polverizzare il mio irrequieto datore di lavoro. Il pensiero va poi a Mr S e quasi senza accorgermene sulle mie labbra si dipinge un sorriso.

«Ancora mi chiedo come mai non ti ho licenziata in tronco», sbraita il Dottore fissandomi.

Di colpo divento seria.

«Sai quante ne trovo di disperate come te, non sarai né la prima né l'ultima», incalza lui.

Sento che continua a sbraitare da solo ma un pensiero avanza nella mia testa: se dovrò affondare, affonderò nuotando. Se devo perderlo perderò questo posto essendo me stessa e basta, non quello che il Dottore pensa che io sia, sono molto di più, valgo molto di più di quello che lui crede e glielo dimostrerò con il mio sarcasmo; ora mi gioco il tutto per tutto e dopo sarò dentro o fuori.

Mi schiarisco la gola, sono satura del suo veleno: «Dottore lei ha ragione», lo blandisco. «So che lei è una persona magnanima e che comprende le cose importanti della vita, per questo per me è un onore continuare a lavorare per lei nonostante la mia pochezza e ignoranza».

Nell'ufficio cala un silenzio tombale: l'ho provocato, se non è troppo stupido ha notato il tono di condiscendenza, ora aspetto solo che mi spedisca fuori di qui a calci nel sedere, ma inaspettatamente lui gira sui tacchi e si rintana nel suo ufficio. Non ci credo, sono ancora qui, ho preso una strada diversa da quella abituale, di solito cerco di giustificarmi e lui si arrabbia ancora di più, e guarda invece oggi come è andata... Ecco come avviene il cambiamento, con piccoli passi verso cose ignote, sbagliando, rialzandoci e aggiustando il tiro. Ora devo solo fissare la salita e lottare per quello che voglio davvero.

Laura che ha visto tutto è ancora esterrefatta, ma ha la lucidità di prendermi in disparte e dire: «Sei stata grande, davvero ti ammiro, gliene hai cantate quattro facendogli credere che è lui dalla parte del giusto e tu da quella sbagliata, così non ha potuto controbattere, cosa avrebbe potuto aggiungere, che stavi dicendo sciocchezze o che eri sarcastica? Non avrebbe potuto farlo perché il tuo tono era serio e rispettoso quindi avrebbe solo attirato su di lui lo sguardo divertito dei presenti. Becca tu piaci alle persone e hai una personalità magnetica; oggi hai dimostrato al Dottore e a tutti gli altri che nulla può offuscare la luce che ti rende così speciale. Non lasciare mai che ti si dica il contrario. Te lo dico da capo, non solo come amica, sei stata grande!».

Sono le due meno un quarto, vado in bagno, mi pettino e metto il gloss. Pizzico un po' le gote in modo da dargli quel colore rosato tipico di chi sta bene, strizzo le gemelle nel reggiseno, metto a posto il cardigan e sono pronta.

Ah, dimenticavo uno spruzzo di *J'adore*, con un dito ne porto un po' dietro le orecchie: si dice che la fragranza duri più a lungo.

Rovisto nella borsa di Laura, immergo lo scovolino nella boccetta di mascara che mi fa diventare gli occhi di una grandezza spaventosa. Da domani metto in borsa il *necessaire*, perché a questo punto non si sa mai quando può veramente servire. Mia aveva ragione, ci sono occasioni in cui il trucco può salvarti la vita.

Alle due meno dieci sono già in attesa da Vegan & Pizza, sola. Forse è presto. Inizio a cercarlo su Instagram, ma come posso trovarlo senza conoscerne il cognome? Mi arrendo.

Inizio a chiedermi cosa mi aspetto da questo pranzo, *tanto non può essere single*, mi ripeto.

E se non venisse, se mi fossi sbagliata nel giudicarlo? Del resto non lo conosco davvero. Max l'ho avuto davanti per anni e non sono stata capace di comprenderlo fino in fondo, come posso pretendere di conoscere un ragazzo che ho visto cinque volte in tutto e con cui ho scambiato tre parole al massimo?

Sono ormai le due e cinque e decido di andarmene. Mi alzo e stringo forte i mezzi cuori spezzati della collana di mio padre.

Hai visto papà, nessun uomo è come te, anche lui è l'ennesimo bugiardo, e ladro oltretutto.

«Eccomi», lo sento urlare da lontano, e il mio cuore fa una capriola nel petto. Se non altro è stato di parola, quindi significa che non è un ladro e che ha intenzione di ridarmi il mio caricabatterie.

«Scusa il ritardo, ma c'è stata una riunione dell'ultimo minuto e sai come vanno queste cose, sai quando iniziano ma non quando finiscono».

Mi raggiunge con un sorriso raggiante: «Grazie per la tua premura», mi dice porgendomi la power bank. Lo ringrazio e insieme entriamo nel ristorante più chic del centro.

Ad accoglierci c'è una concierge che ci accompagna al nostro tavolo con vista alberi. Ci accomodiamo l'uno di fronte all'altra, un po' imbarazzati. Quando ci portano il menù strabuzzo gli occhi: niente che sia conosciuto o normale, almeno da parte mia. Però non voglio fare la figura della schizzinosa, non adesso e non con lui.

Davide sembra leggermi nel pensiero, lo vedo sorridere con gli occhi.

«Pensavo di ordinare una pizza, so che qui sono davvero squisite, prenderò una Bufalina con cotto, pomodorini e tanto basilico, e una birra fredda».

«Ottima idea», esclamo subito. «Allora prenderò una Scarolina con provola e olive nere, e da bere una Diet Coca», aggiungo, felice di non dover ordinare cose sconosciute, per poi ritrovarmi davanti agli occhi qualcosa di poco commestibile.

Il cibo è squisito, ma è la compagnia a essere perfetta. Davide è spiritoso, solare, per niente scontato, oltre a essere un gentleman è davvero un principe azzurro, manca solo il cavallo, ma anche quello dei pantaloni va bene. Il tempo trascorre veloce, forse anche troppo.

«Di te non so nulla, dai racconta, cosa fai per vivere?», mi chiede a un tratto.

«Lavoro in una prigione finanziaria», rispondo.

Davide si acciglia: «In che senso?», vuole sapere.

Gli spiego la mia situazione lavorativa, sembra molto interessato e mi ascolta con pazienza. Dopo avergli sbobinato tutto il resoconto decido che è arrivato il momento di saperne di più su di lui.

«Anche io lavoro in un'agenzia finanziaria», mi confessa.

«A essere sincero sono un direttore finanziario dell'agenzia qui al centro direzionale».

Dall'espressione seria intuisco che mi è vicino e sente di essere stato fortunato a trovare un'azienda che sa valorizzare le sue risorse.

«Credo che questo però non sia un problema solo del Napoletano, credo che questo sia un problema diffuso dovuto all'etica del proprietario della società», riflette.

«Per questo continuo a cercare senza perdermi d'animo, ma per il momento diciamo che sto vivendo questa esperienza come una scuola di vita», mi sento in dovere di confessargli.

«Se può farti sentire meglio, io ti assumerei subito, da quello che vedo hai tutte le caratteristiche per lavorare a contatto con il pubblico: sei gentile, determinata, caparbia, hai una forte capacità di *problem solving*...». Si blocca come se fosse stato colto da un pensiero improvviso. «Anzi, perché non mandi il curriculum alla mia azienda, so che è sempre in cerca di giovani talenti, se mi lasci il numero ti giro oggi stesso il link per effettuare la candidatura».

Strabuzzo gli occhi, non mi sembra vero, sono a pranzo con un uomo che mi affascina e forse il mio futuro professionale sta spiccando il volo, oggi deve essere il mio giorno fortunato. «Sono senza parole, grazie davvero», sorrido, e con la punta delle dita sfioro la collana.

«Come mai due mezzi cuori?», vuole sapere Davide, curioso. «Voglio dire, di solito non dovrebbe essere il tuo ragazzo a portare l'altro?».

Abbasso lo sguardo: «Uno era di mio padre, me l'aveva

regalato per portarlo sempre con me; è l'unica cosa tangibile che mi è rimasta di lui, l'ho perso quando ero molto piccola». Parlarne mi provoca sempre un certo dolore, così mi zittisco, non voglio che di questo pranzo abbia un ricordo triste.

Vedo il suo sguardo incupirsi.

«Scusa», si rammarica Davide, «non volevo riaprire una ferita. Ora devo rientrare a lavoro, ma è stato davvero bello, se vuoi possiamo rifarlo qualche volta», mi propone alzandosi. Sembra che ora abbia fretta di andarsene, il racconto di mio padre deve averlo rattristato.

Lo sapevo, solo i numeri del lotto non indovino!

«Quando vuoi», accetto esitante, anche se immagino che non ci sarà una prossima volta. Davide ha solo voluto sdebitarsi del mio gesto, appena la conversazione si è spinta un po' più in profondità ha subito pensato di prendere le dovute distanze. D'altronde non ci conosciamo, e di sicuro io non sono nemmeno il suo tipo.

«A presto», mi saluta e lascia i soldi sul tavolo, non dandomi neanche il tempo di mettere mano al portafogli.

Lo vedo allontanarsi verso l'agenzia e, con il cuore felice ma il volto triste, ritorno in prigione volando.

Quando torno a casa, Mia è in estasi: a detta sua le cose con Marcello procedono in modo lento, ma si stanno riconciliando e questo è l'importante.

«Un passo alla volta Mia, un passo alla volta», le suggerisco.

Lei si volta e mi guarda stranita. Solleva un sopracciglio e subito penso di avere qualcosa fra i denti, forse un filo di verdura?

«Ma cos'è questo sorrisetto?», mi domanda sbattendo le ciglia.

«Lo conosco, lo fai solo quando ti succede qualcosa di bello».

Beccata!

Mentre prepariamo la cena le racconto dell'incontro con Davide, del pranzo e della sua proposta.

«Ed è anche single?», mi chiede Mia.

«Non ne ho idea, non ho avuto il coraggio di chiederlo. Mia, sono passati nove mesi dalla mia ultima relazione, inizio a sentirmi un po' sola».

«Ti capisco», ammette lei.

«Per me è stata davvero dura. Forse sto volando con la fantasia, si è trattato solo di un pranzo di ringraziamento, ma comunque è stato bello».

Ormai con Davide l'appuntamento è alla stessa ora tutte le mattine. Trascorriamo un quarto d'ora insieme sul treno a parlare di tutto, dalle notizie al gossip, dalle cose in ufficio alle disavventure con i clienti. Ultimamente però sempre più spesso ci troviamo a parlare delle nostre emozioni, come due estranei desiderosi di conoscersi. Ogni giorno aggiungiamo un tassellino in più dei punti di forza e delle debolezze dell'altro.

Mentre stiamo divagando, all'improvviso diventa serio: «Hai mandato il curriculum?», mi domanda.

Annuisco: «Non ho ancora avuto alcuna chiamata».

«Arriverà», dice lui.

«Davide, sembri così sicuro di te, ma come fai? Non pensi mai di non riuscire in una cosa? Io sono piena di paure».

«No, purtroppo nella mia vita non sono accettabili i fallimenti, questo è il modo in cui mi hanno cresciuto i miei genitori.

Mi hanno caricato di aspettative sempre più alte, è stato un continuo rincorrere i loro propositi finché non ce l'ho fatta più. Ho deciso di cambiare città e laurearmi in qualcosa che avesse poco a che fare con gli affari di famiglia, volevo una mia indipendenza, non potevo continuare ad accontentare tutti tranne me stesso».

«Hai fatto bene, sei stato coraggioso».

«Sì, ma a quale prezzo? Penso che i miei non l'abbiano ancora accettato, e non so se me lo perdoneranno mai».

Gli poggio una mano sul braccio senza accorgermene, lui comprende.

Le gote si accendono, subito mi allontano. Speriamo non se ne sia accorto.

«Scusa, non volevo essere sfrontata».

«Non preoccuparti, non mi ha dato fastidio», mi fa l'occhiolino.

Inizio a conoscerlo sul serio, sotto l'aspetto algido si nasconde un ragazzo fragile e spaventato. A volte le persone più forti sono quelle con maggiori cicatrici, questa sua debolezza mi piace, lo rende più umano.

«Sai, le persone che frequento di solito parlano di cose molto superficiali: l'ultimo completo di alta sartoria acquistato, l'ultimo viaggio fatto, invece tu sei così, così...», si ferma come se avesse un nodo in gola.

«Lo so, sono semplice, la mia migliore amica me lo ripete in continuazione, dice che dovrei essere più simile a ciò che voglio essere, ma io non posso stravolgere me stessa. Sono convinta che le persone possono riuscire a trovare la loro strada anche senza snaturarsi, questo è quello che mi ha insegnato mia madre e questi sono i valori in cui credo. Saranno desueti, ma non importa, io sono così e vale la pena essere se stessi, la felicità non è questo? La meritocrazia esiste e lo dimostrerò, fosse l'ultima cosa che faccio».

«Hai ragione Becca, questo è quello che ti rende speciale e sono d'accordo che l'eccezionalità vada tutelata. Continua per la tua strada, sono sicuro che questa tua fervida speranza ti porterà lontano, lo sento».

C'è uno sguardo tra noi, non so descriverlo, di desiderio misto a complicità, ma nessuno dei due fa un passo e forse è stata solo una mia sensazione.

Riprendiamo a scherzare, ma ormai si è fatto tardi e dobbiamo salutarci, il treno sta per fermarsi. Diventa sempre più difficile per me interrompere le nostre conversazioni.

Tornata a casa, rifletto ancora sullo sguardo di Davide, sento le farfalle nello stomaco, qualcosa in me sta cambiando. C'è forse un vento nuovo nella mia vita? Vedremo, non voglio commettere gli stessi errori che ho fatto con Max, soprattutto non intendo illudermi, per Davide potrei essere solo un'amica, qualcuno con cui scambiare delle opinioni nel tragitto che da casa lo porta in ufficio.

Apro la porta di casa e trovo una Mia raggiante.

«È successo qualcosa?».

«Guarda», mi dice mostrandomi il dito. Indossa l'anello di Marcello.

Sgrano gli occhi e comincio a saltare: «Allora gli hai detto sì!».

«Oggi siamo andati a fare un aperitivo in costiera.

Mi ha portato sulla nostra panchina, da quando ci siamo rivisti è un punto fisso delle nostre uscite sul lungomare, e lì mi ha fatto la proposta, con una musica in sottofondo fantastica, Anema e core suonata da mandolini elettrici, è stato davvero magico. Ma non sai la notizia più divertente: ho chiamato i miei per dar loro la bella notizia e abbiamo deciso di comune accordo di organizzare una cena con i nostri genitori il week-end dopo San Valentino. Tu ci sarai vero, cara damigella d'onore? Considera che verrà anche il fratellino di Marcello, *Da Vinci*, come lo chiama lui, e sai cosa gli provoca la sua presenza. Abbiamo bisogno di te, io ho bisogno di te».

«Okay, prometto che ci sarò, non potrei perdermelo per niente al mondo, e poi c'è sempre da vedere cosa combinerà tua madre».

«Grazie, sai sempre come terrorizzarmi».

Ci abbracciamo.

«Un ultimo avvertimento, sappi che se mi farai indossare uno di quei vestiti assurdi coordinati delle damigelle che si vedono ai matrimoni in tv ti tolgo il saluto e non ti parlo più».

Se ne va cantando *Tu es foutu*, sarà un avvertimento?

CAPITOLO NOVE

Se ci fossero infinite vite... Infinite volte verrei a cercarti, per rivivere con te infiniti giorni come questo.

Anonimo

Finalmente, ecco arrivata la settimana di San Valentino, che aspettavo con trepidante attesa: sono curiosa di partecipare alla cena dei Rinaldi.

Oggi per la prima volta ho deciso di prendere un permesso dal lavoro, approfittando del fatto che il Dottore è assente per portare la sua nuova fiamma a Venezia, che romantico!

Sono pienamente concentrata sull'obiettivo, come si sa la perfezione ha i suoi tempi di lavorazione, diciamo così. Davide mi ha proposto un'apericena da lui a Marechiaro, se ho ben capito vive in un attico. Mia non sta nella pelle, quando gliel'ho detto era su di giri.

«Me lo farai conoscere prima o poi?», mi ha chiesto.

«Quando capirò che tipo di rapporto abbiamo».

Chissà se dopo questa sera ci sarà una svolta tra di noi, mi chiedo.

Per l'occasione Mia decide di prestarmi un corpetto a cuore color biscotto e un panta palazzo con fiori stilizzati tono su tono, una vistosa collana dorata, una clutch e degli stivaletti alti color crema, e come copri spalle un pellicciotto ecologico bianco latte.

Una volta scelto il look per la serata devo solo rilassarmi: farò un bagno caldo con le candele, metterò dell'olio profumato alla vaniglia e ascolterò uno dei pezzi più romantici che abbia mai sentito: *Oruguitas innamorate* di Alvaro Soler.

Vorrei poter andare avanti nel tempo per capire che ne sarà di noi, quale sarà il nostro futuro, ho paura di illudermi, paura che sia un ennesimo sbaglio.

Non voglio soffrire ancora, ma nello stesso momento ho fiducia, per la prima volta sento come se Davide capisse la mia tristezza, e questo non mi era mai successo con Max. Con lui era tutto un puntualizzare, molte volte a dire il vero non riuscivamo proprio a comprenderci, come se affrontassimo le situazioni insieme, ma separati nel modo di percepirle. Più ci rifletto e più penso che in effetti Max aveva ragione, eravamo due binari che non si incontrano mai, pur percorrendo la stessa strada.

Colpa delle mie paure, della mia difficoltà a pormi in ascolto, e forse è stato un bene per me che lui mi abbia aperto gli occhi su tutto questo.

Le persone vivono perennemente convinte che il loro punto

di vista sia quello corretto, che il loro amare sia quello giusto, ma è solo una delle due prospettive quando si parla di coppia. Bisogna rispettare i tempi dell'altro e non avere paura di mettersi in gioco, di dire quello che si pensa a muso duro anche se sappiamo che sfocerà in un litigio.

Succede con l'amicizia, succede con l'amore. E inesorabilmente mi ritrovo con le lacrime agli occhi a intonare il ritornello di questa canzone:

Ay oruguitas, ci si allontana, ma è questo che fa crescere e dopo ci si ritroverà. Che meraviglie che vi attendono, ciò che è al di là vi stupirà, è il vostro domani.

Ay mariposas, lo spazio tra di voi vi servirà a crescere, ma rivolerete insieme voi, quante pareti vedrete andare giù, dietro non c'è più nulla, perché è vostro il domani.

Questi versi sono pura poesia e rappresentano esattamente il mio stato d'animo, la paura del cambiamento che porta all'allontanamento, ma questo è necessario per crescere sia singolarmente che come coppia all'interno di un mondo che muta di continuo, ed è proprio grazie al cambiamento che alla fine questi due bruchi si trasformeranno in farfalle e capiranno che quello che è successo prima non ha più importanza, perché finalmente stanno vivendo il loro domani, quello che costruiranno insieme, che è ciò che conta veramente.

Alzo il volume, ordino ad Alexa di ripetere la canzone e la canto dall'inizio a squarciagola.

Velocemente infilo l'accappatoio e asciugo i capelli, mentre Mia mi attende nella sua stanza per fare di me una stella, a detta sua. Al contrario della festa di Valentina, adesso ho il cuore disposto all'ascolto, ripeto a me stessa che mi aspettano chissà quali meraviglie e la sensazione di paura ormai se ne è andata, probabilmente nello scarico della vasca.

Mi guardo allo specchio: sembro Drew Barrymore in *Charlie's Angels*.

«Questa volta ti sei superata Mia, sia col trucco che con la pettinatura a onde. Non si può negare che sei davvero brava».

«Anni e anni di ricerca saranno pur serviti a qualcosa, no?».

Parole sante, rifletto.

Per l'intimo, sono stretta in un corpetto ricamato color carne che lascia ben poco all'immaginazione, per non parlare di un perizoma che provvede a irritare ciò che rimane di una flebile autostima.

Con mia grande sorpresa, Davide viene a prendermi con la moto.

E diciamo addio ai capelli, al trucco e al profumo. Benvenuto scompiglio.

Appena mi vede, il suo viso sembra illuminarsi.

«Ti va se facciamo un giro prima di andare a casa?», propone.

Mi acciglio: «Con questo freddo?».

«Vedrai, ti piacerà!», mi rassicura lui rivolgendomi un sorriso acuto.

Sono un po' titubante all'idea, ma accetto la proposta, diamogli una chance.

Non so se riuscirò a salirci da sola, visti i tacchi, ma il pensiero di fare una brutta figura sul nascere, dopo tutta la carica positiva che mi sono ripromessa di avere, mi dà la spinta giusta per salire sulla moto con disinvoltura, o almeno credo.

«Sei brava, di solito le ragazze salgono con difficoltà».

«Ti sembra il caso di nominare altre ragazze in questo momento?»

«No, hai frainteso volevo dire...».

«So cosa volevi dire, sto scherzando!».

Lo abbraccio e subito mi sento protetta. Il motore inizia a rombare, partiamo.

Davide è un ottimo centauro, non sento minimamente ansia per la sua guida, anzi ho una sensazione di libertà e mi godo le strade che percorriamo. Passiamo velocemente per le botteghe di Borgo Orefici, con la famosa chiesa di Sant'Eligio e il crocifisso ligneo che protegge il rione al centro della piccola piazza. Attraversando Santa Lucia, mentre corriamo sul nostro mezzo, mi sembra di risentire le note dell'omonima canzone e di vedere il riflesso della luna piena sul mare. Anche adesso l'aria è serena, nonostante il freddo.

La strada ci porta per Borgo Marinari a ridosso del Castel dell'Ovo. Quanta maestria in questa immagine di un colosso immobile rispetto al movimento che ammiriamo sull'altro lato, dove una fila di barche ondeggia ormeggiata al molo, legate l'una all'altra quasi a volersi proteggere reciprocamente. In pochi minuti ci troviamo a Mergellina e proseguiamo salendo la collina di Posillipo.

Io mi giro per un attimo indietro ad ammirare la veduta davvero spettacolare, e riscendendo ci troviamo a Marechiaro.

Alle nostre spalle deliziosi ristoranti vista mare, di fronte a noi lo scoglione del borgo. Siamo parte di un'immensa cartolina, un dipinto naturale che da anni alimenta e ispira poeti e artisti di tutto il mondo. Se la serata finisse qui sarei comunque felice, perché la gita appena trascorsa mi ha riempito il cuore.

Davide mi guarda e mi sorride. Scendiamo dalla moto, lui si appoggia sul sellino e mi abbraccia, e insieme godiamo del momento e del panorama, da lontano il suono di una campana. Una piccola barca cattura la mia attenzione: sta prendendo timidamente il largo lasciando una scia dietro di sé, come se ci invitasse a seguirla.

Sono già al largo, piccola barca.

«È davvero un sogno», sussurro estasiata. «Non c'è un posto qui a Napoli che non ti faccia pensare all'amore, alla bellezza, e non ti faccia venir subito voglia di abbandonare tutto per trascorrere il resto della tua vita in questa città così eclettica».

Parcheggiamo la moto per un minuto e Davide mi porta a vedere la famosa finestrella di Marechiaro, che effettivamente è una piccola finestra in un palazzo che affaccia sul mare, sotto cui c'è una targa di marmo a forma di pentagramma con su le parole della canzone *Quando spunta la luna a Marechiaro.*

Anni e anni di vita in questa città meravigliosa e non ero mai venuta a vederla, pur conoscendone l'esistenza.

«Mi hai portato in un posto davvero romantico», dico.

Lo sento sorridere, significa che condivide le mie stesse riflessioni e il petto mi si riempie di emozioni, sono come un'onda che travolge e disseta uno scorcio di terra arida. Poi, all'improvviso, mi allunga una caramella a forma di cuore. Gliela sfilo dalle dita e la scarto.

Dopo la gita in moto, rientriamo nella sua abitazione. Parcheggiamo in garage, sapientemente nascosto sotto il palazzo da una discesa. Questo quartiere è lussuoso, tutto ordinato, dai vicoli alle case, persino l'erba sembra tagliata con precisione chirurgica.

Idem per l'attico di Davide.

La casa è fantastica, i colori sono cemento bianco e nero, compresi i muri e ogni dettaglio.

Sembra di stare nella fortezza della *Barneytudine* di *How I met your mother*. È un po' freddo come stile, ma per un single a Napoli forse questo è quello che un architetto folle costruirebbe.

Apparecchiato su un tavolino basso c'è ogni genere di stuzzichino salato, una bottiglia di vino in fresco e fragole ricoperte di cioccolato.

«Hey, ma per chi mi hai preso?», commento. «Sono di buona forchetta, ma non avrai esagerato?».

Ride e nel farlo i suoi occhi si illuminano. Non è tanto la casa a incantarmi, è proprio lui che mi toglie il respiro. Non capitava da tempo che un uomo mi ricoprisse di attenzioni spontanee, Davide mi fa sentire come se fossi al centro del suo mondo.

«Rilassati», mi dice. «Togli i tacchi, che hanno già avuto l'effetto che dovevano, solleva le gambe del pantalone che ti faccio vedere una cosa per cui sono molto famoso».

Un'altra?, penso perplessa.

Si allontana per un attimo mentre mi avvicino al divano del salone scalza con le gambe del pantalone arrotolate, e lo vedo prendere qualcosa da una credenza, sembra un flacone. Mi accomodo sui cuscini morbidi e lui ritorna da me, chiedendomi di porgergli i piedi.

Titubante faccio come mi dice. Lui si abbassa sulle ginocchia e prende i miei piedi con delicatezza. Li ritraggo velocemente, ma lui li riacciuffa.

«Tranquilla, so cosa sto facendo», e devo dire che lo sa davvero. Sento la pressione delicata dei suoi polpastrelli stendere due gocce del contenuto del flacone in modo sistemico e circolare, come se stesse sfogliando un tessuto per sentirne la consistenza, poi delicatamente drizza la pianta del piede per porle attenzione e massaggia con più forza. Avverto un leggero solletico, ma mi zittisco subito. Passa al collo del piede e con sapiente maestria riporta due gocce al centro e lo sfiora più dolcemente, sfregandolo come se stesse accarezzando un gatto con forza e amorevolezza.

Non so descrivere cosa provo in questo momento, sono a disagio, ma allo stesso tempo inondata da sensazioni di piacere, è un'esperienza mai vissuta prima.

Il suo tocco allontana qualsiasi paura dalla mia mente, e decido di godermi il massaggio.

Che goduria! Non ci sono parole per l'estasi, soprattutto visto la costrizione di un piede 40 per farlo sembrare due centimetri in meno.

Dopo il massaggio si allontana di nuovo, mentre io sono in balia del godimento. A questo punto potrebbe fare di me ciò che vuole, ma lui preferisce non approfittare del mio temporaneo cedimento e torna con una chitarra. Si siede al mio fianco e inizia a intonare Anema e core:

Tenimmoce accusì: anema e core, nun ce lassammo cchiù, manco pe' n'ora, stu desiderio 'e te mme fa paura.

Caro Davide, benvenuto nel mio mondo, anche io condivido i tuoi stessi sentimenti, e ogni volta che ho dato spazio a quello che provavo ho sofferto, quindi questa volta ho promesso a me stessa di non rivelarli subito come è successo con Max, almeno finché non sarò assolutamente sicura di ciò che proviamo entrambi.

Canto anche io, come a suggerirgli che quelle parole valgono anche per me. Sto iniziando a perdermi in lui e questo non mi spaventa, ma mi fa venir voglia di conoscerlo sempre di più.

Ci sediamo a terra vicino al tavolino, lui si alza un attimo per prendere le bacchette, il sushi e la salsa di soia. Io odio il sushi! Mi dispiace così tanto, so che voleva essere carino.

«Davide, non te la prendere, non amo particolarmente il sushi, sono più da cinese, ma per te affronterò anche il disgusto».

«Mi dispiace, non immaginavo che potesse non piacerti. Allora facciamo così, so come deliziare le tue papille gustative. Dimmi, c'è qualcosa a cui sei allergica?»

«Non che io sappia».

Si alza, entra in cucina, mette a bollire l'acqua, taglia il guanciale a cubetti, sbatte le uova in una ciotolina, aggiunge un po' di latte, il pecorino e un po' di sale nero di Cipro, e dopo circa venti minuti, tra cottura e spadellamento, eccoli lì, due signori piatti di carbonara.

Li poggia sul tavolino in soggiorno, mi porge una forchetta e con una mano mi indica di assaggiare.

«Ma è buonissima!», dico mentre addento i bucatini. Ha usato anche la mia pasta preferita, non tutti lo sanno.

Ecco un uomo che non ha paura di ammettere i suoi errori e di porvi rimedio, ed ecco una donna che non ha paura di esprimere ciò che pensa, non per ferire, ma per farsi conoscere davvero.

A questo punto inizio a essere sempre più sicura dei miei sentimenti, ma aspetto ancora di vedere dove ci porterà davvero questa serata.

«Becca devo proprio ringraziarti, visto che siamo in vena di sincerità, devi sapere che era tanto che non riuscivo a essere me stesso con una donna, da quando la mia fidanzata storica ha deciso di dire di no alla mia richiesta di sposarla; so che non ho scelto il momento migliore per dirtelo, però vedo come sei veramente, sento che sei sincera, e voglio esserlo anche io, ovunque ci porterà questa serata, e lo sarò fino in fondo».

Sono sconcertata e colpita allo stesso tempo dalla sua onestà, non oso immaginare quanto sia stato difficile per lui superare una situazione del genere, del resto lo vedo tutti i giorni con Mia.

Vorrei abbracciarlo ma l'unica cosa che riesco a dire è: «Davide, anche io ti vedo e ti trovo meraviglioso, non deve essere facile mostrare le tue fragilità, ma se posso permettermi sono felice che questa persona ti abbia lasciato andare, altrimenti non avrei avuto modo di conoscerti».

Lui sorride e accenna un sì con la testa, prende il vino ed afferma in tono sincero: «Allora facciamo un brindisi a Silveria senza il cui no non avremmo potuto vivere questa bellissima serata».

«A Silveria», ripeto alzando il calice.

Ripenso a Max per un attimo e aggiungo: «A tutte le strade sbagliate che ci hanno condotto qui e reso quello che siamo».

«A loro», ripete di rimando Davide.

Ceniamo e ridiamo, ridiamo tanto, e poi, come se fosse la cosa più naturale del mondo, lui si avvicina, mi solleva il mento con l'indice e mi bacia, un bacio dolce e caldo. Con un gesto mi prende per mano e poi in braccio, sposta la porta a scrigno ed entriamo nella sua camera da letto. Mi siedo mentre lui si avvia verso il guardaroba.

Nella cabina armadio si accende una luce soffusa e subito dopo parte la canzone *I do what I do*, la più famosa della colonna sonora di *9 settimane e ½*. Davide si spoglia lentamente, a ritmo di musica. Le ombre che intravedo mostrano un corpo perfetto e io sono completamente in balia dell'eccitazione.

Terminato lo spogliarello, ricompare con addosso solo un paio di boxer su cui c'è l'effige di Joker.

Joker?

Un attimo di silenzio incombe nella stanza e lui inizia un balletto che ho visto fare solo a un altro, alla festa di Valentina.

Cazzo è lui.

Non ho parole!

Sorride e si tuffa nel letto: «Allora, Giselle, come va? Come ti senti?».

«Sei sempre stato tu», biascico sconvolta.

«Sì, sono sempre stato io. Mi ha colpito il modo in cui con sincerità mi hai detto che odi il sushi. E poi il modo in cui hai reagito quando ti ho raccontato di Silveria, ti ho detto che sarei andato fino in fondo. Fino a ora non sapevo come si sarebbe evoluta la serata e cosa sarebbe successo se avessi trovato il coraggio per dirtelo, ma dopo tutte queste confidenze ho capito che dovevo farlo. Voglio essere sempre sincero con te, altrimenti questa resterà solo una bella serata, ma il nostro rapporto non potrà mai essere qualcosa di più e io invece voglio che lo diventi. E tu?».

Mentre penso in tutta onestà a ciò che voglio, copro gli occhi per la vergogna, mi ha vista in circostanze imbarazzanti, mi ha tenuto la crinolina per fare pipì.

Mi ha omesso per tanto tempo chi fosse e questo mi fa infuriare, ma allo stesso tempo penso a cosa avrei fatto io al suo posto. Alle volte in cui ci siamo visti, al tempo trascorso assieme. Probabilmente se me l'avesse detto prima avrei chiuso ogni tipo di conoscenza, anche perché la vergogna avrebbe preso il posto della voglia di conoscerlo, ma adesso...

Posso capire perché ha aspettato, e avrebbe anche potuto decidere di non dirmelo affatto per evitare situazioni imbarazzanti. Mi scosta le mani, mi accarezza e ci baciamo ancora.

«Avevo perso le speranze di incontrare qualcuno con cui condividere davvero qualcosa, una persona vera. Se è possibile, tu sei ancora più bella dentro che fuori, e la cosa che mi fa impazzire è che non te ne rendi minimamente conto, è questo a renderti luminosa. Sei una stella che non sa di esserlo». Mi porge un bracciale con una stella in cristallo brillantissima. «Buon San Valentino», mi sussurra all'orecchio.

Ancora non mi spiego come io possa piacergli, siamo due mondi così diversi, due caratteri quasi opposti. Mi chiedo se due persone possano essere unite dall'aver entrambe sofferto per amore.

Mi prende per mano, mi aiuta ad alzarmi e continua a baciarmi, mi accomodo sul letto, che è morbidissimo.

Mi guarda come per chiedere il permesso, da lontano

qualcuno ascolta a tutto volume vecchie canzoni napoletane. Annuisco, lui mi bacia dolcemente sul collo mentre i miei vestiti scivolano via. Sta per succedere, sono spaventata ma anche eccitata.

La sua bocca continua a baciare il mio corpo mentre io mi abbandono alle sensazioni e facciamo l'amore.

La mia testa è appoggiata nell'incavo della sua spalla, mentre sento le sue dita scivolare tra i miei capelli.

«Sei una persona talentuosa, premurosa e sincera, e sei l'unica che riesce a destabilizzarmi veramente... credo che tu mi piaccia sul serio. Non ho mai desiderato qualcuno così tanto. Sei fantastica e sono stato fortunato a incontrarti. Due volte per giunta».

Ridiamo.

È stato intenso, intimo, naturale, emozionante. Non esistono abbastanza aggettivi per poter esprimere il mio stato d'animo.

Ho dovuto più volte trattenere le lacrime, e per la prima volta in assoluto dalla morte di mio padre ho dormito una notte tutta di fila, abbracciata al suo corpo nudo, è stato bellissimo.

Grazie Dio.

Il mattino dopo mi sveglio di buon'ora dopo una dormita rigenerante al suo fianco. Indosso una maglietta intrisa del suo profumo, come si vede nei film.

Voglio ringraziarlo per le sue attenzioni, così prima che apra gli occhi mi precipito in cucina. Trovo frutta fresca, pancake proteici e burro di arachidi, è proprio un culturista. Preparo una spremuta, il caffè e la colazione è pronta.

Attendo ancora qualche minuto, dalla porta della stanza da

letto che affaccia sulla cucina lo vedo dormire così beato che mi dispiace quasi doverlo svegliare.

Decido di prendere il mio primo caffè, dalla portafinestra si gode di una spettacolare veduta del golfo. Sorseggio con calma ripercorrendo mentalmente la serata, sono davvero felice.

I miei pensieri vengono interrotti da un trillo del suo cellulare. Un messaggio, una luce. Un altro trillo, un messaggio, una luce.

Becca, hai promesso che stavolta sarebbe stato diverso... Ma chi cavolo manda dieci messaggi alle otto di mattina?

Vedo il display: "Rosaria" scritto a caratteri cubitali con tre punti esclamativi. Mi si gela il sangue nelle vene.

Chi diavolo è Rosaria? E cosa vuole dire a Davide per essere così insistente? Non ce la faccio, è più forte di me, prendo il cellulare e apro il messaggio: "Non vedo l'ora di risentire il sapore della tua pelle! Che fine hai fatto? R.".

Allora non sono l'unica che lui frequenta al momento. Voglio morire, non posso crederci, ci sono caduta di nuovo, non riesco più a pensare.

Dov'è ora la sincerità di cui si faceva portatore, è solo uno stronzo bugiardo, devo andarmene subito. Mi infilo di corsa i pantaloni, la giacca e le scarpe basse che avevo portato in borsa, mentre piango ininterrottamente.

Davide si sveglia per il trambusto, si affaccia con un asciugamano in vita, e fa solo in tempo a vedermi uscire di corsa.

Mentre esco dall'ascensore lo sento corrermi dietro, e poi fermarsi a metà strada.

Riesco a vederlo dalla tromba delle scale, forse si è reso conto che non può uscire in quello stato, non sarebbe dignitoso.

CAPITOLO DIECI

Meglio capire poco che fraintendere molto.

Anonimo

Sono distrutta e con un doloroso buco nell'anima. Il cuore di una persona può creparsi tante volte senza però spezzarsi del tutto, e il mio era già straziato in più punti.

Vago per le strade senza una meta, so solo che ho bisogno di schiarirmi le idee. Mentre cammino inizio a riflettere sul mio modo di vedere le cose, in particolare quando si tratta di sentimenti. Dovrei mettere un cartello al collo con su scritto "calamita per gli stronzi". A questo punto inizio a credere che mi avvicini solo a uomini che mi faranno soffrire, sembra di essere in una profezia che si avvera all'infinito e non riesco più a sopportarlo, non questa volta. Davide per me era il nuovo inizio, l'uomo del cambiamento, colui che mi capiva davvero e a cui sentivo di poter dire tutto, con cui essere sincera fino in fondo. Credevo che dopo tante strade sbagliate lui potesse essere quella giusta.

Se ci penso è proprio come ha detto lui, è l'unico uomo che ho conosciuto due volte: la prima in maschera, dove poteva fare ed essere ciò che voleva perché non ci conoscevamo, e la seconda, quella più vera ancora se possibile, senza maschera.

In punta di piedi, con la sua dolcezza, è riuscito a far breccia nel mio cuore ferito. Non immaginavo di poter provare di nuovo amore per qualcuno dopo quello che è successo con Max, e invece è stato grazie a lui che ho cambiato il mio modo di vedere le cose: partita come una cotta quasi adolescenziale, ho imparato ad ascoltarlo, a non avere più paura di essere me stessa, con i miei limiti e le mie eccentricità; mi ha insegnato ad accettarmi e a dire anche ciò che non voglio. Prima passavo la vita nella gelosia, a tenere tutto sotto controllo, e non mi accorgevo che molte volte mi facevo trascinare nelle cose anche se non mi piacevano, sempre per paura di perdere l'altra persona, come se sentissi che tutti fossero importanti tranne me. Con lui è stato il contrario, io ero importante, mi sono mostrata per quello che ero e sembrava che andasse tutto a gonfie vele.

Non riesco a sopportarlo.

Squilla il telefono: è Davide.

Come osi provare a chiamarmi?

Rifiuto la telefonata.

Riprova, rifiuto.

Insiste, riattacco di nuovo.

Sembravi quello giusto, possibile che fosse tutto una farsa, che fossi una delle tante per te?

Quanto può essere meschino un uomo del genere? Vorrei solo essere amata, compresa, confortata, ma è chiedere troppo?

Sto ancora rimuginando sulle mie sfighe sentimentali, quando sollevo lo sguardo e mi accorgo di essere arrivata sotto casa di mia mamma. Forse le mie gambe sanno meglio della mia testa come riportarmi in equilibrio.

Resto per un attimo davanti al citofono del palazzo di grandi mattoni gialli, troppo caldi d'estate e decisamente freddi d'inverno.

Davide richiama, rifiuto. Spero che capisca che è inutile.

Quando ero piccola immaginavo che, oltrepassando il cancello, sarei sbucata in una strada fatta di mattoncini gialli che mi avrebbe portato in posti meravigliosi e inesplorati. *Il Mago di Oz* insegna che la fantasia è tutto ciò che rimane a una bambina timida con tanta voglia di sognare qualcosa di diverso dalla vita reale.

Che bei momenti, non li cambierei per nulla al mondo, rifletto abbozzando un sorriso.

Squilla il telefono, è ancora Davide. Lo ignoro, continua a squillare.

«Becca sei tu?». La voce di mia mamma mi riporta al presente. Apre il portone e io imbocco la rampa di scale che porta direttamente alla cucina. Il profumo di mela e cannella che mamma usa tutto l'anno per rievocare l'emozione del Natale impregna l'aria che respiro. D'istinto la abbraccio e lei ricambia con ancora più forza.

«Posso esserti d'aiuto? I tuoi occhi mi parlano, ti ho vista così devastata solo un'altra volta, ed era il giorno in cui tutte e due perdevamo l'uomo della nostra vita».

Ha capito, ha un talento per certe cose. Non so se ho voglia di raccontarle cosa è successo, ho paura di essere giudicata, ha sempre pensato che siamo noi a dare la possibilità agli altri di farci del male, anche se ha saputo stupirmi quando Mia ha avuto bisogno del suo aiuto.

Sento che sto per scoppiare in lacrime, anche se avevo promesso a me stessa di non crollare. Pian piano, però, ancora stretta fra le sue braccia, il blocco che sento premermi sul cuore inizia a sciogliersi.

«Ti preparo un tè», mi dice staccandosi. «Ho anche i biscotti che ti piacciono», aggiunge.

Mi accomodo su una delle sedie intorno al tavolo, lei si siede di fronte a me e prende una ciocca dei miei capelli tra le dita: «Sento che c'è qualcosa nell'aria. Ultimamente ti sentivo felice, ma oggi ti vedo triste. Vuoi parlarmene?».

«Non ancora», le confesso distogliendo lo sguardo.

Versa il tè in due tazze e me ne porge una, sorseggiamo insieme la bevanda calda senza parlare. A volte fa bene anche solo stare in silenzio, le emozioni fanno più rumore di ogni altra parola.

A un tratto si alza: «Vai a farti una doccia. Qui c'è qualcosa di pulito, pantofole e tuta, mettiti a tuo agio».

Annuisco e accetto l'offerta.

La mia stanza è ancora come la ricordavo, non è cambiato nulla, a parte la scrivania sommersa di compiti che mamma stava probabilmente correggendo prima del mio arrivo.

Squilla di nuovo il telefono, è Davide, rifiuto per l'ennesima volta la chiamata.

Dopo la doccia calda mi sento come rinata. Indosso la tuta e le pantofole, inforco gli occhiali e la raggiungo di nuovo in cucina. Ci sediamo ancora una di fronte all'altra. Ora mi sento pronta e inizio a raccontarle ciò che è successo, a partire dalla rottura con Max.

«Tu sei stata fortunata mamma, non hai mai dovuto dubitare dell'amore di papà. Benché abbia deciso di concentrare le mie energie sul lavoro, non ti nascondo che improvvisamente un ragazzo si è fatto strada nel mio cuore, e senza che me ne accorgessi è diventato il motivo per alzarmi al mattino. Pensavo che Davide fosse diverso, è riuscito a far uscire la parte migliore di me, ma ho il sospetto di non essere l'unica sua frequentazione in questo momento, forse mi sono illusa sulle sue reali intenzioni».

«Principessa», mi dice prendendomi le mani. «Sai che tuo padre, dopo di te, era la persona più importante della mia vita, ma non era perfetto e non è sempre stato facile stare al suo fianco. In una relazione, per fare andare bene le cose, bisogna imparare ad ascoltarsi. Non lo hai fatto con Max, da quello che mi hai raccontato, e lui ti ha messo di fronte ai tuoi limiti, e ciò ti è servito per capire meglio chi sei, ma non hai permesso a Davide di spiegarsi. Non hai pensato a un fraintendimento?».

In effetti sono scappata dal suo appartamento senza fermarmi a riflettere, ma l'anteprima del messaggio che ho letto sul suo cellulare era così esplicita che non lasciava spazio a dubbi di alcun genere, almeno secondo la mia esperienza.

Un suono distoglie la mia attenzione, è il mio telefono. Lo prendo e vedo che il numero è privato. Non rispondo a chi non si presenta, così rifiuto la chiamata.

Mia mamma riprende: «Questo ragazzo di cui mi hai parlato è importante per te?».

Mi stringo nelle spalle. «Lo conosco da poco, ma... sicuramente per lui provo qualcosa. Forse più che qualcosa», ammetto un attimo dopo.

«Allora forse è il caso che tu gli conceda il beneficio del dubbio, non credi?».

«Cosa dovrei fare secondo te?»

«Va' a parlare con lui», risponde senza esitazione. «Sei una donna forte, qualsiasi cosa ti dirà, la supererai».

«E diventerò una suora», commento in tono sarcastico.

«No, ma se davvero, come sospetti, Davide frequenta un'altra donna, la prossima volta saprai essere più cauta. Con il tempo si impara a proteggere il cuore».

Squilla il telefono, è ancora un numero privato. Lo ignoro.

Sono sbalordita dalla profondità delle sue parole. Ho sempre creduto che mia madre non fosse in grado di manifestare sentimenti, tantomeno elargire consigli; l'ho sempre vista come una donna algida, poco incline alle emozioni, fredda nei confronti dell'amore, invece oggi ha saputo stupirmi. Mi sbagliavo su di lei. E se mi sbagliassi anche su Davide?

Squilla di nuovo il cellulare, sempre un numero privato. Ancora una volta rifiuto la chiamata. Sarà lui? Non ha capito che non voglio sentirlo?

Un attimo dopo prende a suonare anche il telefono fisso di mia mamma: è Mia, ed è preoccupata perché non sono rientrata a casa.

Chiedo a mamma di scusarmi e porto il cordless nell'altra stanza.

«Mia, ci sei? Ora posso parlare, non ho molto tempo, ma ti faccio un riassunto: ho trascorso una serata magica con lui, non puoi immaginare la nostra affinità emotiva, ho provato sensazioni che mai avrei immaginato. Mi ha confessato di essere Joker attraverso uno spogliarello».

«Cosa?! Il tuo Joker? Non ho parole».

«Non le avevo neanche io, mi è sembrato di toccare il cielo con un dito e poi sprofondare negli abissi dalla vergogna, ma ho capito perché non me l'ha detto. Mi ha confessato che all'inizio ci conoscevamo da troppo poco e poi era diventato sempre più difficile rivelarmi la verità. Alla fine ha deciso di dirmelo perché, nonostante lui avesse comprato il sushi per rendere perfetta la serata, io l'ho stroncato dicendogli che è una cosa che non amo, e questo mio essere sincera gli ha fatto capire che non poteva iniziare con me una storia con un segreto così grande a dividerci».

«Lo trovo giusto, è stato onesto. E tu?»

«E io ho capito che mi sarei potuta fidare visto che lui era diverso da tutti gli altri, perché avrebbe potuto non dirmi nulla. Abbiamo fatto l'amore ed è stato magico, così naturale, così intenso».

«Chi sei tu, esci dal corpo della mia amica Becca!».

«E invece amica mia ero proprio io, o meglio la versione migliore di me che Davide stava facendo uscire fuori, quella impavida.

Poi mi sono svegliata per preparare la colazione e di botto sono tornata alla realtà. Dei messaggi continui, un trillare odioso del suo telefono, e un messaggio di una certa Rosaria che diceva testualmente: "Non vedo l'ora di risentire il sapore della tua pelle! Che fine hai fatto? R.". Ti giuro volevo morire, sono una delle tante e non quella giusta. Sono scappata a gambe levate e camminando, senza rendermene conto, sono arrivata a casa di mia madre. Ho pensato che il mio cuore mi avesse portato dall'unica persona di cui avevo bisogno in questo momento, anche se non so ancora spiegarmelo. Ora capisci? È l'ennesimo stronzo bugiardo», mi lamento.

«Mi dispiace, se vuoi ti raggiungo», dice Mia.

«No, ti ringrazio ma preferisco stare qui per un po', ci vediamo direttamente domani. Ti chiamo quando esco dall'ufficio così ci organizziamo per andare a casa dai tuoi».

CAPITOLO UNDICI

Invitare qualcuno alla nostra tavola vuol dire incaricarsi della sua felicità durante le ore che egli passa sotto il vostro tetto.

Anthelme Brillant-Savarin

Sembra tutto così diverso in questo venerdì.

Ho deciso di andare al lavoro a piedi, passeggiare mi aiuterà a distendere la mente.

Sono trascorse parecchie ore dall'ultima volta che ho visto Davide. Sul cellulare ho trovato una serie di sue chiamate e anche dei messaggi, ma li ho ignorati, così come sto ignorando i consigli di mia mamma. Non riesco a dargli una seconda possibilità, forse sono io il problema, ma è più forte di me: ho sofferto troppo e troppe volte. Il significato di ciò che ho letto era inequivocabile, ha un'altra donna. Era troppo bello per essere vero.

Non voglio più sprecare il mio tempo con qualcuno che non lo merita. La prossima volta che mi avvicinerò a un uomo, prima di lasciarmi ingannare dalle emozioni, ci penserò mille volte.

In ufficio sono come assente, le urla isteriche del Dottore mi attraversano, le lamentele delle mie colleghe non mi interessano: parlano, discutono, ma non fanno nulla per cambiare le cose e alla fine restano nel posto che tanto odiano. Come me, d'altronde, ma se non altro voglio provare a modificare la mia predisposizione nei confronti degli altri, sperando che questo possa mettermi al riparo da altre delusioni.

Trascorro la giornata in modo distaccato, sento solo una forte pressione sul petto e fa male. Quel dolore spazza via tutto il resto, ma devo concentrarmi su Mia, oggi ha bisogno di me, sarà un'ottima distrazione.

Mentre rifletto su come posso aiutarla, squilla il cellulare. Mi allontano un attimo dalla scrivania, è di nuovo il numero privato e questa è la quindicesima telefonata che ricevo, potrebbe essere importante. Decido di rispondere, tanto se fosse Davide potrei sempre riattaccare.

Dall'altro capo della cornetta una donna con una voce troppo profonda o un uomo con un timbro molto acuto mi chiede: «Buongiorno, parlo con la signorina Rebecca Caracciolo?»

«Sì, sono io. Con chi ho il piacere di parlare?», chiedo cortese.

«Sono Mariella Corvino, la responsabile del personale della Dreamcredit, vorrei organizzare un colloquio conoscitivo presso le nostre strutture lunedì prossimo alle 8.30».

Mi schiarisco la gola: «Sono onorata che la Dreamcredit abbia preso in considerazione il mio curriculum, sarò in ufficio all'orario da lei stabilito, grazie».

«La aspettiamo».

Sono così agitata, non me l'aspettavo.

Avrei dovuto rifiutare? Assolutamente no, non permetterò che la prima vera occasione della mia vita di far parte di un'azienda seria, con probabili possibilità di sviluppo personale e di carriera, sia eclissata dal fatto che è la stessa per cui lavora quello stronzo di Davide.

Non lascerò rovinargli anche questo.

Innanzitutto, non è l'amministratore delegato della società, e poi dovrebbe vergognarsi lui del suo comportamento e non io. È il mio momento, se dovessi fallire sarà per colpa mia, non per un inizio di relazione andata male.

Non ho neanche chiesto dove si trova la sede centrale, ma provvedo subito a cercarla in internet. Santo Google, grazie di esistere: Dreamcredit, e dove poteva essere se non in via Toledo, uno dei posti più frequentati di Napoli.

Storta va, dritta viene, mi ripeto.

Non sto facendo nulla di male, sto cogliendo un'opportunità e non importa come ci sono arrivata, è pur sempre un'opportunità, finalmente una ventata di ottimismo, che sia davvero un nuovo inizio?

Chissà se c'è lo zampino di Davide.

Un colpo allo stomaco, non riesco a non pensarlo.

Sono in guerra, o meglio il mio cuore è in tumulto, non riesco a gioire per il colloquio perché sono devastata per quello che è successo. Possibile che non abbia tregua? Forse è il mio destino quello di essere divisa tra lavoro e amore.

Quando è il lavoro a essere senza futuro la luce mi viene dall'amore e viceversa. Ma c'è una misera possibilità che possa trovare un equilibrio e vivere la mia vita appieno e non sempre a metà tra gioia e tristezza.

Non trovo un senso a tutto ciò, lo vivo come un gioco crudele. Se c'è una spiegazione, davvero non la comprendo.

Il pranzo di oggi è Sunday al caramello, con doppia razione di dolcezza "perché sono incinta e ne ho bisogno per annegarci dentro tutta questa frustrazione". Questa è la vecchia storia che uso come scusa quando sono in crisi, i poveri commessi, ormai rassegnati, abbondano col caramello senza neanche chiedere quando mi vedono entrare dalla porta. Sono "carta conosciuta", come si suol dire dalle mie parti per indicare una persona facilmente riconoscibile.

Rientro in ufficio, mancano solo due ore e mezza di lavoro e poi finalmente sono libera. Prima di andare via chiedo per il lunedì un giorno di ferie, poi decido di tornare a casa a piedi: mai come stasera ho proprio bisogno di camminare e, nel caso mi dovessi stancare, prenderò il primo bus disponibile.

Avevo detto a Mia che l'avrei chiamata uscendo dall'ufficio, ma ho davvero bisogno di tempo per raccogliere le idee.

Sono quasi le sei e un quarto e con calma decido ciò che vorrei indossare per andare dai Rinaldi, dovrebbe essere una cena formale. Mia non è in casa, suppongo che sia ancora con Marcello e i suoceri, nel messaggio che è arrivato poco fa mi ha detto che il tour di Napoli che hanno organizzato sta andando a gonfie vele. Sono felice per loro.

Prendo il cellulare e le dico di avvisarmi se non riesce a

venirmi a prendere in orario, e di non preoccuparsi perché nel caso ci vedremo direttamente lì da lei, prenderò un taxi.

Fanculo, stasera non ho voglia di pormi tanti problemi, lo zucchero ha addolcito il mio palato, ma purtroppo per me il mio cuore sanguina ancora. Un paio di sospiri per tirare via l'angoscia, oggi devo essere al meglio e cercherò di nascondere il mio stato d'animo.

Del resto, cosa può andare peggio della giornata appena trascorsa tra tristezza e rabbia?

"Sono felice per te amica mia, meriti il meglio", le scrivo mandandole un emoji che dà un bacio con un cuoricino.

Tra le varie opzioni possibili nel mio armadio, opto per un tubino nero, come è nero il mio umore, calzo degli stivali a stiletto con le ghette e collant nude. L'unico contrasto è una collana Chanel di perle bianche e nere di Mia. Quando mi vedrà sarà fiera di me, qualcosa avrò pur imparato da lei.

Raccolgo i capelli in una lunga coda morbida di lato e metto le lenti a contatto, gli occhiali per stasera restano qui. Stendo con la spugnetta il fondotinta illuminante, un rossetto rosso ciliegia, un eyeliner nero sugli occhi, facendo una codina per allungare lo sguardo e, dopo un'ultima controllata, mi complimento con me stessa: ho fatto un bel lavoro di restauro, la delusione è rimasta sotto lo strato di fondotinta, nascosta agli occhi di tutti tranne ai miei.

Trilla il citofono, apro la porta e saluto Mia.

«Ce l'avete fatta allora a venirmi a prendere».

«Sì, Marcello arriva subito, sta trovando parcheggio. Non ti avrei mai lasciata da sola visto il tuo stato d'animo, e poi così ho modo di controllare il tuo look!», ride facendomi l'occhiolino; mentre siamo ancora sull'uscio arriva Marcello tutto trafelato.

«Becca, sei bellissima», asserisce.

«Grazie».

Dallo sguardo con cui mi squadra, e soprattutto dalla gomitata che gli molla Mia per gelosia, capisco che è sincero.

Indosso lo spolverino ed esco con loro. Marcello è molto agitato e in macchina Mia gli accarezza la mano. Prendo il cellulare e le mando un messaggio: "Cos'ha Marcello? È preoccupato per l'incontro tra i vostri genitori?".

Lei guarda il cellulare e risponde: "No, il problema è Da Vinci, il fratello perfettino. Non lo vede da tempo e non sa cosa potrebbe succedere stasera. Il loro non è proprio un rapporto idilliaco".

Posiamo entrambe il cellulare.

«Marcello sei fantastico, vedrai che stasera sarà una serata da ricordare. Del resto mi sarò pure messa in tiro per un motivo. Abbi fiducia, andrà tutto bene».

Ridiamo.

La villa dei Rinaldi si trova sulla vetta più alta di Posillipo, Mia entra emozionata. Non deve essere facile sopportare la pressione!

Guardo Bella, la mamma di Mia, che con nonchalance dice alla governante e al maggiordomo dove sono le pietanze e come posizionarle sul tavolo. In onore dei genitori di Marcello la tavola è apparecchiata con le ceramiche vietresi, adoro questi piatti, questa volta Bella si è proprio superata.

In soggiorno sento suo marito Francesco chiacchierare

amorevolmente con Adriano ed Elena, i genitori di Marcello. Sembrano già una vera famiglia.

Mia mi lancia un'occhiata preoccupata: sa il motivo per cui sto soffrendo, ma sono comunque felice di essere qui per lei stasera. Annuisce con la testa e capisco che lo apprezza.

«Alloggeremo in hotel», sento dire a Adriano.

«Per carità», interrompe Bella, «Non sia mai detto! Ho già fatto preparare l'attico, quello che affaccia sulla piscina naturale».

«Grazie, siete molto gentili».

Io e Mia ci guardiamo: come far notare con eleganza il fatto di avere un attico e una piscina privata; la modestia non è il suo forte.

«Mica siamo dei buzzurri», sussurra Mia al mio orecchio imitando alla perfezione la madre.

Soffoco una risata: «Sei identica, ho la pelle d'oca».

Sono quasi le otto, la tavola è imbandita, prendiamo posto.

Mia e Marcello sono seduti l'uno di fianco all'altra, li vedo così uniti... Sono insieme da cinque lunghi anni e Mia aveva il terrore di comunicargli le sue paure sul matrimonio, vista l'esperienza dei suoi genitori, che si sono allontanati con gli anni. Io conosco Davide da quattro mesi circa e immaginavo di sapere già tutto di lui e di aver compreso veramente chi è. Forse sono una stupida presuntuosa.

In effetti, non abbiamo mai parlato del suo passato se non riguardo alla sua scelta di abbandonare l'attività di famiglia, ma quale sia questa attività proprio non saprei. Mi ha parlato dei suoi genitori carichi di aspettative su di lui, ma non so i loro nomi o se ha sorelle o fratelli, si può dire di conoscere davvero una persona se non si sanno queste cose? Non conosco neanche il suo cognome, né lui il mio. Chi mi credevo di essere? Sono proprio una sciocca.

E ora a ben vedere anche la mia situazione lavorativa dipende forse dalla raccomandazione di una persona che mi ha delusa profondamente.

Mi siedo di fianco a Mia, accanto a me c'è un posto libero, sarà del famoso Da Vinci, il tuttologo fratello di Marcello, come lo chiama Mia.

«Sono veramente curiosa di conoscerlo», mi sussurra nell'orecchio, approfittando del fatto che Marcello si sia allontanato per rispondere a una telefonata di lavoro, visto la celerità. Mia continua con un velo di tristezza nella voce: «Dopo tutto quello che mi ha raccontato comprendo la sua ansia nel rivederlo».

«Non mi avete mai detto tutta la storia. E soprattutto mi chiedo: perché il nomignolo Da Vinci?».

«Ora ti spiego tutto», dice controllando con lo sguardo che Marcello sia ancora al telefono, si gira verso di me e continua a bassa voce per evitare che i genitori possano sentire: «L'appellativo è nato dal fatto che Da Vinci è come il famoso Leonardo. Marcello è cresciuto alla sua ombra, il fratello era sempre al primo posto a scuola, con gli amici e, peggio, anche in famiglia. I genitori hanno sempre puntato tutto su di lui, era il figlio geniale, quello che si sarebbe laureato in meno tempo, quello su cui contare per la prosecuzione dell'attività di famiglia. Da sempre le esigenze di Da Vinci erano prioritarie per i suoi genitori, offuscando ciò che di buono faceva Marcello che, pur essendo un figlio amorevole e ubbidiente, non avrebbe mai potuto eguagliare il fratello. Da qui ci sono state una serie di questioni irrisolte tra di loro, che hanno portato Marcello a volersi distanziare dal contesto in cui viveva, familiare in particolar modo».

«Si tenevano a una civile distanza quindi».

«Diciamo così, ma la situazione è precipitata quando Da Vinci ha comunicato alla famiglia di non voler proseguire sulla strada che era stata preparata per lui, generando nei genitori rabbia e delusione. Ma la cosa peggiore è che tutto ciò è ricaduto sul povero Marcello, che oramai aveva già creato il suo futuro qui a Napoli e non avrebbe potuto neanche lui seguire la strada di famiglia».

«Che situazione però, mi dispiace per Marcello, a volte i genitori senza rendersi conto creano dei muri tra i figli, se un domani dovessi farlo con i miei ti autorizzo a picchiarmi».

«Sono d'accordo con te, guarda il rapporto con i miei che conseguenze ha avuto sul mio fidanzamento! La cosa più grave è che Marcello mi ha confessato che lui e suo fratello non si sono più visti dal giorno in cui Da Vinci ha comunicato che sarebbe andato via da Ponza. Nonostante tutto, sii carina Becca, mi raccomando, almeno salutalo e cerca di metterlo a proprio agio, fallo per noi, è una situazione già abbastanza complicata».

«Non ti preoccupare, farò il possibile per non creare problemi, sarò discreta e disponibile, il contrario di quello che vorrei essere al momento». Marcello ritorna e tutti riprendono il proprio posto a tavola. Solo una sedia continua a essere vuota, quella del famoso Da Vinci.

Certo che è da maleducati arrivare in ritardo a una cena così importante, sono quasi le otto e mezza.

I miei pensieri vengono interrotti da Elena, che con giusta preoccupazione chiede al figlio: «Scusa Marcello, hai notizie di tuo fratello?»

«Sì, aveva confermato! Mamma sai benissimo che tuo figlio è una primadonna e in quanto tale imprevedibile. Provo a chiamarlo se vuoi».

Non fa in tempo ad aspettare una risposta che trilla il campanello, e una voce lontana chiede scusa del ritardo, spiegando che il navigatore ha avuto difficoltà a trovare la strada.

Francesco asserisce: «Ha ragione, fino a poco tempo fa aveva un altro nome».

È un mito, il padre di Mia riesce sempre a trovare una giustificazione per tutto, ma penso sia normale dato che non deve essere facile vivere con una moglie come Bella.

Li conosco da sempre. I genitori di Mia sono diventati la mia famiglia allargata. Lei così eterea e civettuola, lui così posato e semplice. Sono sempre stati troppo diversi, i loro caratteri non sono mai stati affini e non si sono resi conto che la figlia doveva convivere con i continui litigi e il loro allontanamento dovuto alla mancanza di comunicazione.

Bella che si sentiva sempre trascurata dal marito e cercava continuamente nuovi uomini che la facessero sentire amata, mentre Francesco cercava di raggiungere sempre nuovi traguardi lavorativi per dimostrare ai suoceri di non aver sposato la loro figlia per i suoi soldi ma perché l'amava davvero.

È triste pensare come l'amore in sé non basti a sopravvivere, se non è corredato dall'impegno reciproco a far sentire l'altro al primo posto.

Ho provato a spiegare a Mia che non tutte le coppie sono uguali e che a lei e Marcello non succederà una cosa del genere, e se anche ci dovesse essere un allontanamento, loro sono diversi dai genitori di Mia, e reagiranno in modo diverso, lo dimostra il fatto che siamo qui a festeggiare il loro amore e il lieto fine che meritano.

I miei pensieri vengono interrotti da una nuova figura in arrivo che mi passa davanti come un fantasma.

Vedo solo un'ombra che con una bottiglia di vino rosso e un Fay blu si avvicina dicendo: «Un presente per voi, signori Rinaldi».

«Come sei gentile», dice subito Bella facendo un po' di scena col suo foulard bianco intriso di brillantini. Sembra sempre così spensierata, forse un po' troppo sopra le righe per essere presa sul serio. La figura col Fay blu avanza verso di noi e mi ritrovo in un incubo: è Davide.

Da Vinci è Davide.

Ci guardiamo, lui indietreggia, poi prende coraggio e avanza.

«Mia, è *lui*!», le sussurro all'orecchio, e lei con gli occhi sgranati avvisa a sua volta Marcello, mentre Davide guarda tutta la scena senza proferire parola, toglie la giacca e la passa al maggiordomo, ringraziandolo.

Guardo Mia, lei guarda Marcello: se potesse comparire una vignetta ci sarebbe scritto "stonch".

Ritorno con lo sguardo su Davide, che ricambia con un atteggiamento remissivo.

Fai bene a sentirti in colpa, stronzo. Mi sposto con la sedia più vicino a Mia per allontanarmi da lui, vorrei sprofondare, sembra uno scherzo del destino.

«Il nostro Davide, eccolo finalmente», esclamano i genitori.

«Non sei cambiato per niente vero? Sempre a farti attendere», lo rimprovera Marcello mentre soffoca un sospiro, una rabbia inespressa.

«Era un po' che la nostra famiglia non era riunita sotto lo stesso tetto e voglio brindare a questo», afferma Adriano per togliere tutti dall'imbarazzo, e continua: «Ringraziamo il nostro Marcello per averci dato questa opportunità».

I Rinaldi si guardano perplessi: non capiscono, visto il tono sarcastico, se è una zeppata per il figlio appena arrivato o se è davvero un ringraziamento da parte di Adriano. È evidente che i due abbiano qualche problema.

Davide si siede al mio fianco nel posto preparato per lui e mi sorride, ma io distolgo lo sguardo e mi concentro su Mia. Infastidito dal mio atteggiamento glaciale cambia registro.

«Allora tu sei la famosa Mia», esclama a un tratto. «È un piacere conoscere la ragazza che è riuscita a sopportare le lamentele di mio fratello, devi essere una persona estremamente paziente», aggiunge in tono scherzoso.

Che gran faccia tosta!

«No, sono solo molto brava a evitare le persone bugiarde».

Ma che fai? Le dico con lo sguardo e le do un calcio sotto il tavolo per ricordarle che non è il caso di rovinare la loro serata per colpa mia.

«Volevo dire», rimedia, «sì, ho una grande pazienza e sono

molto determinata, soprattutto amo proteggere le persone a me care», aggiunge rivolgendo lo sguardo verso di me.

Davide annuisce e arriccia le labbra, poi si volta: «E tu devi essere la damigella?», mi chiede guardandomi con insistenza.

«È la mia migliore amica, Becca», abbaia Mia.

«Come mai questo nomignolo?», torna alla carica Davide. «Mangi come un uccellino? Non mi sembri particolarmente scarna».

Socchiudo gli occhi e serro la mascella, avrei voglia di tirargli un pugno in faccia. Mia sta per alzarsi, ma io la afferro per un braccio e la tiro con forza sulla sedia creando un rumore battente.

«Facciamo così», interviene Marcello, «scambiamoci i posti, mi siedo io vicino a te, è tanto che non ci vediamo. Non ti dispiace Becca, vero?».

Salto in piedi e vado ad accomodarmi lontano da Davide, che continua a fissarmi con un'insistenza che mi urta il sistema nervoso.

La serata trascorre lenta e faticosa, tra commenti sul cibo, sulla bellezza della casa e sull'ospitalità dei proprietari, fino a quando non arriva il momento in cui gli sposi comunicano ai genitori la data e il luogo del matrimonio: il 30 maggio dell'anno prossimo a Ponza.

«Abbiamo pensato di fare un intero week-end, dal venerdì alla domenica, in cui alla fine ci sarà la funzione con la festa», spiega Mia.

Glisso sul fatto che mia madre ha sempre detto che durante i preparativi del matrimonio succedono le cose più assurde, ma non è detto che accada anche a loro.

«Sarà una festa per tutti, come una festa di paese», esclama entusiasta Elena, che ha una capacità di dire sempre cose fuori luogo nei momenti meno opportuni. Ancora mi chiedo se ci è o ci fa.

«Allora Elena, cosa puoi dirci del parroco che sposerà i ragazzi?»

«Una persona di umili origini, è molto moderno, tiene poco ai formalismi, sono sicura che vi piacerà. È fuori dagli schemi e con il suo accento congolese sembra essere sempre di buon umore. Sono sicura che sarà disponibilissimo a fare il corso prematrimoniale su Skype, è molto digital. Figuratevi che ha anche una pagina Instagram con più di 3000 followers».

«Non lo trovate di pessimo gusto?», chiede Bella arricciando il naso nella sua spocchia.

«Assolutamente no, cara, si sa che si catturano molte più mosche col miele che con l'aceto, e oggi anche i parroci devono essere al passo coi tempi per interessare i giovani, io la trovo una grande idea», le risponde il marito.

«Non avevo dubbi che mi saresti venuto contro, fai sempre così».

«Non volevo contraddirti cara, ma solo riconoscere che oggi è sempre più difficile interessare i giovani, quindi inventare nuovi espedienti non è un errore. Se rifletti anche Machiavelli diceva che il fine giustifica i mezzi».

Davide ogni tanto camuffa qualche perplessità qua e là, ma il suo obiettivo sono io, si nota dal fatto che mi pone una serie di domande scomode davanti a tutti: «Allora Becca, dimmi, pensi anche tu che il fine giustifichi i mezzi? O sei di quelle persone che ottusamente vanno per la loro strada, incuranti di sapere se le conclusioni a cui sono arrivate sono giuste o completamente sbagliate?».

Ma è impazzito?

Tutti guardano Davide e aspettano la mia risposta.

«Se vuoi sapere la mia, se ci sono prove schiaccianti a carico del pensiero che uno ha, è corretto andare per la propria strada e sbattere la porta in faccia al fedifrago, a prescindere dal mezzo che si usi per farlo. Quindi sì, sono d'accordo sul fatto che il fine giustifichi i mezzi».

«Io, invece, definirei una persona del genere come una persona superficiale, si sa che prima di intraprendere una strada si deve essere sicuri di quello che si dice e non basarsi su dei pensieri infondati».

«Al contrario, io definirei impavida una persona che porta avanti le sue idee, e a dirla tutta a volte le prove che si ha ragione sul giudizio di una persona saltano all'occhio proprio grazie ai cellulari».

«Ma di cosa parlano, ci siamo persi un pezzo?», dice Francesco a bassa voce a Marcello. Gli sguardi si muovono sul tavolo passando da una botta e risposta all'altra.

«Ora basta Davide, che ti prende?», dice Adriano con fare perentorio.

«Sono un po' stanco papà. Oggi a lavoro ho conosciuto il capo di un'importante azienda finanziaria e il suo essere un cafone arricchito mi ha stancato. Becca dove hai detto che lavori?»

«Presso "il credito che ti rende felice", ma non mi sembra di averlo detto».

«Come no, ricordo che l'hai detto prima, allora il signor

Esposito è il tuo capo. Abbiamo riso tanto in agenzia quando è arrivato, ma chi può sopportare una persona del genere? Solo chi non ha spina dorsale, o chi ha bisogno di soldi per vivere e sarebbe disposto a tutto, anche a mettere la sua dignità sotto i piedi, per averne».

Interviene Mia, fulminandolo con gli occhi.

In un attimo, come se mi leggesse nel pensiero, dice: «Basta, stai davvero esagerando».

Sento nella mia mente la sua voce: "Non puoi dargliela vinta, se qualcuno qui deve andare via con la coda tra le gambe deve essere lui, non tu".

Mi sussurra nell'orecchio: «Al mio tre, scatena l'inferno».

Potere alle donne.

La rabbia mi assale e mi trasformo nelle peggiori persone che ho incontrato sul mio cammino. Inizio a massacrare lo stronzo che mi ha spezzato il cuore.

«È facile per te parlare, ti è sempre andata di lusso, avrei voluto vedere come ti saresti comportato se non fossi nato in una famiglia che ti ha dato la possibilità di non doverti preoccupare dei soldi e del tuo futuro. Mal che vada avresti preso la strada di tuo padre, così siamo tutti bravi. Voglio vedere se la vita ti avesse messo di fronte ai sacrifici veri come avresti reagito e se ce l'avresti fatta, caro cocco di papà».

Mia madre dice sempre che siamo noi che permettiamo agli altri di farci del male e con me Davide ha chiuso.

«Mia mi ha tanto parlato di te, caro Davide, mi ha detto che i tuoi ti volevano farmacista a Ponza, ma che tu non volevi rimanere relegato su quell'isola come un pupazzo in mano ai tuoi genitori».

Adriano guarda Davide con un forte dolore, gli si legge nello sguardo, ma ormai il dado è tratto e non posso più tornare indietro.

«Poi ho saputo che sei stato rifiutato a una proposta di matrimonio che hai fatto a Silveria, la tua fidanzata storica, per cui hai deciso definitivamente di andartene dall'isola e non hai mai detto ai tuoi il perché».

Elena, quasi come se scendesse dalle nuvole, annuisce come se avesse capito ora tante cose. È davvero un genio, del resto altrimenti come avrebbe fatto a sopportare quel marito così taccagno?

«Smettila Becca, stai esagerando», dice Mia, ma non posso fermarmi, adesso devo dargli il colpo di grazia.

«E dimmi un po', è vero che il tuo capo voleva proporti di andare via da Napoli, in una filiale a Ponza creata *ad hoc* per te che conosci l'isola, ma tu hai rifiutato categoricamente dicendo che piuttosto ti saresti licenziato?».

Davide annuisce.

Adriano è allibito, non comprende l'odio nei loro confronti e così inizia un'animata discussione tra Davide e la sua famiglia. Lui si scusa, dice che loro sono stati dei bravi genitori, ma che deve vivere la sua vita. Marcello cerca anche di difenderlo, vedendolo ora solo come un cane bastonato, glielo si legge in faccia, e mi lancia un'occhiataccia.

Davide risponde attaccando Marcello per sviare da lui l'attenzione: «Facciamo un brindisi a questo punto, non dimentichiamoci che siamo qui per Marcello e Mia. Auguri a questi nuovi sposini, che la vita vi dia tutto ciò che meritate».

Marcello non ci vede più dalla rabbia, quello non era un augurio, ma una maledizione: si scaglia contro Davide, che cade a terra con la mascella sanguinante. Lo prende per un braccio e lo trascina fuori: «Quello che è troppo è troppo, ora vattene», gli intima.

«Sì, hai ragione, qui ho chiuso», dice Davide fissandomi mentre viene accompagnato alla porta.

Finalmente anni di odio, risentimento e rancore, tutti concentrati in un cazzotto ben assestato. Marcello respira di nuovo, come se non avesse più alcun peso sul cuore.

Il mio rispondere in malo modo a Davide non è stata solo una cosa negativa, qualcosa di buono ne è scaturito.

Mia lo bacia. «Momo, sei davvero sexy quando ti arrabbi, accendi un diavolo in me».

Si gira verso di me: «Stai bene?».

Annuisco.

EPILOGO

Finalmente è domenica.

Il giorno della luce per chi come me è cresciuta con una madre cristiana, il giorno del riposo per tutti gli altri esseri umani.

Oggi non mi sento di appartenere a nessuna delle due categorie, sono ancora scossa per quello che è successo venerdì sera a casa Rinaldi.

Per la prima volta nella mia vita sapevo esattamente quello che volevo dire nel momento in cui dovevo dirlo, ed è stato davvero fantastico! Almeno per i primi sessanta secondi, poi la consapevolezza di aver ferito Mia in uno dei giorni più importanti della sua vita ha reso tutto insopportabile.

Mi sento in colpa, e il fatto che lei era preoccupata di come stavo io a fine serata non mi ha certo aiutata, sono una pessima amica. Forse uscire di casa per fare una passeggiata alleggerirà il mio senso di colpa.

Più tardi ho appuntamento con mamma, ascoltiamo insieme la messa e poi prendiamo un caffè, chiacchierando di ciò che è successo nelle nostre vite durante la settimana appena trascorsa.

Chissà cosa mi dirai oggi, mamma, dopo che ti avrò raccontato quello che è successo.

"Quando tutto sembra perduto ecco che il Signore ti parla attraverso le persone che incontri sul tuo cammino, bisogna solo essere aperti all'ascolto". Sento le sue parole ancora chiare nella mia mente, ma non ho voglia di ascoltarle, ora voglio solo mandare via questo peso che ho sul cuore e che mi fa avere difficoltà a respirare.

Non so proprio cosa sarebbe stata la mia vita senza Mia e senza gli insegnamenti di mia madre, forse non sarei la persona gentile che sono oggi, per questo non riconosco in alcun modo la Becca di due giorni fa, pronta a colpire ripetutamente Davide dove è più vulnerabile, lì dove fa più male.

Ho deciso, devo distrarmi finché non si sveglia Mia e poi devo chiederle scusa. Ieri non ne ho avuto la possibilità perché è sparita tutto il giorno con Marcello.

Accendo il cellulare e un articolo su *Fanpage* cattura la mia attenzione: "Yoga e meditazione, rinasci da te". Interessante, scorro un po' di *asana* e una mi colpisce in particolare, il Saluto al sole, non sembra difficile da eseguire.

Se ci provassi davvero? E se riuscisse a farmi rilassare? Ho deciso, tentar non nuoce.

Sposto il tappeto sotto la finestra, inizia ad albeggiare e una sottile luce irradia la stanza, è così romantico. Ok Becca, non perdere la concentrazione sull'obiettivo.

Vado in camera e indosso una tuta, raccolgo i capelli in una coda di cavallo, poggio gli occhiali sul tavolo e cerco su YouTube l'esercizio.

Ci sono tantissimi video, certo che su Internet si trova proprio di tutto.

Inizio col respiro, metto il video a tutto volume e provo a seguire la ragazza, che con una voce pacata insegna come muoverci con un sottofondo quasi alla Enya. Da estasi.

«Becca puoi fare meno casino per favore? È l'alba e io ho sonno!».

Dalla porta della stanza di Mia, oltre al rimprovero, vedo volare un sabot tacco dodici che schivo abbassando la testa.

«Mia ma sei impazzita? E se mi avessi colpito? Con quel tacco avresti potuto uccidermi».

«Forse non è chiaro che se non la smetti con questa musica new age mi alzo e ti picchio col sabot».

Mi sa che rilassarsi servirebbe più a lei che a me.

«Vorrei dirti una cosa in merito a quello che è successo venerdì per colpa mia...».

«Non preoccuparti Becca, è acqua passata. Ne hai davvero sopportate tante, sono felice che tu abbia avuto la possibilità di dirne quattro a quello stronzo. E poi Marcello... Oddio è stato un mito e, da quello che mi ha detto, con quel cazzotto è volata via tutta la rabbia che covava, e ora vede Davide per quello che è: un essere umano. Quindi tutto è bene quel che finisce bene. Ora zitta però che devo dormire».

Prendo il cellulare, mi appoggio sul mio letto e mi addormento di botto.

Suona la sveglia: cavolo, sono le dieci meno un quarto, ho appuntamento con mamma alle dieci. Mi lavo i denti, sciolgo i capelli, guardo in giù: ho ancora la tuta. Prendo i calzini e le scarpe da ginnastica e le infilo mentre mantengo il giubbino con la bocca, raccolgo la borsa, metto la giacca e chiudo la porta. Di corsa vado verso la chiesa, dove mamma mi aspetta puntuale come un orologio svizzero.

«Ma ti sei vestita al buio?», chiede.

Ringrazia che sono vestita, vorrei dirle, ma la prendo sottobraccio, le do un bacio sulla guancia e ci incamminiamo verso la chiesa.

Alle 11.30 siamo fuori, oggi la parola è stata davvero d'ispirazione: "Non siate dunque in ansia per il domani, perché il domani si preoccuperà di se stesso. Basta a ciascun giorno il suo affanno".

Sono d'accordissimo.

Basta preoccuparsi di ciò che verrà, affronterò ogni giorno con la sfida che mi proporrà e godrò di ogni attimo di felicità, iniziando dalla compagnia di mia madre ora.

Da quando sono stata da lei dopo la batosta di San Valentino, questo è il nostro nuovo appuntamento: il caffè assieme e due chiacchiere al bar come vecchie amiche.

Ci fermiamo di fianco alla chiesa al Caffettuccio, il nostro bar preferito. Io prendo caffè con panna e mamma un tè con lingue di gatto.

Le racconto quello che è successo: la cena, la sorpresa di rivederlo, come per la prima volta in vita mia sono stata la persona giusta al posto giusto e mi sono fatta rispettare.

«Mamma, è questo cambiamento che mi ispira a fare sempre meglio, Chiara Ferragni insegna», lei sorride.

«Avrei voluto esserci, se non altro per vedere la reazione di Bella, che è sempre così posata. Ti dirò, ti sei chiesta come mai questo ragazzo ti viene sempre riproposto? Se fossi in te inizierei a domandarmi se questo significhi qualcosa. Inoltre hai ascoltato quando ti ha detto che sei saltata a conclusioni sbagliate senza dargli la possibilità di farti conoscere la sua versione dei fatti?».

Annuisco in silenzio.

Lo so, adesso partirà con una filippica sul fatto che non gli ho dato neanche la possibilità di parlare, ma è facile per lei che non è emotivamente coinvolta nella situazione.

Eppure, questo non succede.

Riprende in modo pacato: «Sono felice che questa situazione sia servita anche a Marcello per vedere la parte più umana di suo fratello, e non è detto che dopo questo scontro qualcosa di buono non succeda. Come si dice, le vie del Signore sono infinite. Ora però una cosa me la devi promettere: se lo dovessi rivedere, anche senza cercarlo, giurami che gli darai la possibilità di spiegarsi. Considera che Davide non deve essere un rimpianto per te, da qui a qualche anno potresti trovarti a ripensare a lui come a un tuo fallimento, o peggio come a un'occasione persa. Promettilo».

«Te lo prometto, tanto dopo la serata dell'altro giorno non c'è nessuna possibilità che si riavvicini. Ma ora ho una cosa bella da raccontare: ho un colloquio alla Dreamcredit domani mattina, prega per me».

«Amore sono felicissima per te, vedrai che sarà una passeggiata. Sii te stessa e rispondi con sincerità alle domande che ti porranno e, vedrai, il Signore farà il resto. Ne sono convinta».

«Grazie mamma, ho proprio bisogno di coraggio e le tue parole sono un balsamo in questo momento. Ti voglio bene».

«Anche io amore, sono qui per te».

Tornata a casa non trovo Mia, sarà uscita con Marcello. Alleluia, ho la casa tutta per me. Sono le tredici passate ma non ho fame: chiudo le persiane, vado diretta a letto e mi tuffo di pancia, sfilo solo le scarpe sbadigliando.

Trilla il telefono, è Mia che mi scrive che per stasera il programma è deciso: cibo cinese e il mio film preferito: *L'amore non va in vacanza*, è un po' che non lo vedo.

Le rispondo che è tutto perfetto e le chiedo di invitare anche Marcello, una cena in famiglia è proprio quello che ci vuole.

Scendo dal letto e mi avvolgo in una pashmina rossa molto grande: adoro sentire il collo caldo, mi sento coccolata. Prendo un plaid e, finalmente, mondo dei sogni sto arrivando!

Sono le sette quando mi sveglio. Possibile che abbia dormito tutto questo tempo? Però mi sento stranamente rinata.

Ripeto a me stessa che da oggi voglio essere la mia versione migliore e farò di tutto per riuscirci, iniziando dalla cura del mio corpo. Mi avvio in bagno, prendo le creme di Mia e le spalmo sul viso, domani farò una visita in profumeria per capire quali sono le più adatte a me.

In una rivista c'è una salviettina di prova di un nuovo profumo, si chiama *Libre* di YSL ed è buonissimo, potrebbe essere la mia nuova fragranza.

Metto le lenti a contatto, stendo il fondotinta, un paio di pennellate di mascara e il gioco è fatto. Metto dei jeans a zampa e un dolcevita celeste polvere, sciolgo i capelli e sono pronta.

«Alexa, riproduci le canzoni di Bossa nova».

Sulle note brasiliane ballo e inizio a preparare la tavola, ormai è quasi ora di cena e io ho saltato il pranzo, inizio ad avvertire la fame.

Mando un messaggio a Mia chiedendole di prendere una porzione in più di ravioli e di non dimenticare l'olio piccante, che a casa non c'è.

"Ok", mi risponde, "saremo lì tra poco".

D'improvviso suona il campanello.

Che bello, sono arrivati, pancia mia fatti capanna!

Ma, sotto uno strato di pacchetti, buste di carta e contenitori con scritte in cinese esce fuori Satana: Davide.

Sto per chiudergli la porta in faccia, ma lui la blocca con un piede.

«Ora devi ascoltarmi», dice. «Guarda che botta ho preso per colpa tua, me lo devi!». Entra in casa e poggia i pacchi sulla panca vicino alla porta, chiudendola alle sue spalle.

Arretro per farlo passare, mi giro e gli grido contro: «Io non ti devo proprio nulla! E poi dimmi, come cavolo mi hai trovato?»

«Ho chiamato Marcello e gli ho spiegato che venerdì sono stato uno stronzo, ma tu non mi hai ancora permesso di chiarire le mie ragioni. Hai frainteso tutto».

«Hai una bella faccia tosta, io avrei frainteso un sms scritto in italiano, cosa c'è da fraintendere in quello che Rosaria ti ha scritto in modo così chiaro?».

«Ascoltami! Non partire per i tuoi soliti voli pindarici, non tutti gli uomini sono dei bastardi, come per fortuna non tutte le donne sono delle traditrici, me l'hai insegnato tu. Ieri ho chiarito con Marcello, gli ho chiesto scusa per tutti questi anni, per tutte le cose non dette, per tutte quelle volte che non ho pensato a difendere la sua persona o dire ai miei di dargli lo spazio che meritava. Ero così concentrato su me stesso e su quello che i nostri genitori pretendevano da me da non considerare ciò che lui stava vivendo. A dirla tutta, non immaginavo minimamente che il mio comportamento negli anni l'avesse così distrutto. È vero, siamo all'inizio, ormai è passato così tanto che dovremo imparare a conoscerci di nuovo, ma sono fiero di aver rimediato al mio errore. Ora tocca a te, lasciami spiegare cosa è successo, poi se non mi vorrai più nella tua vita me ne andrò senza fare storie, ma ora zitta e ascolta».

Intanto la musica continuava a suonare.

«Alexa, sospendi», dico perentoria.

«Seduta», mi ordina, e io eseguo.

Ringrazia Dio che ho promesso a mia madre di darti una possibilità, ti è andata di lusso, altrimenti col cavolo, lo avrei rimandato fuori a calci nel sedere, altro che cazzotto.

Seduta in silenzio di fronte a lui, lo guardo negli occhi e di nuovo sento un brivido dietro la schiena. Avevo dimenticato l'emozione che mi provoca la sua presenza.

Si accomoda su una sedia di fronte a me e inizia a parlare. Mi racconta di una ragazza, una sua ex che lo stalkera, Rosaria appunto.

«Non ho mai voluto denunciarla perché, essendo una collega, avevo paura di farle perdere il lavoro. Una volta superato lo scoglio di Joker non volevo iniziare il nostro rapporto con un altro problema. Non volevo alimentare tensioni tra noi. Ti sei sempre dimostrata una tipa tosta che lotta per quello che pensa, per quello in cui crede, per ciò che vuole. Il punto vero è che tu non ti arrendi mai: con la tua amica Mia, con Marcello, col tuo lavoro; ma quando si parla di relazioni, ho imparato che tiri su un muro per difenderti perché nella tua mente sai già come andrà a finire, e non sarà mai il lieto fine che desideri, è sempre stato così fino a ora e così sarà sempre. Ma con me è diverso, *io* sono diverso, con te ho messo davvero a nudo me stesso, i miei sentimenti, le mie paure. Ho giocato il tutto per tutto perché mi fidavo di *noi* e di ciò che avremmo potuto essere assieme. E poi, quando mi sei vicina, hai la capacità di farmi pensare solo a cose belle», ammette.

«Spiegami, come posso fare a crederti?», gli chiedo, anche se a ben guardare tutto ciò che ha detto è vero; non metti in gioco il tuo cuore con una ragazza che hai conosciuto da poco se non sei convinto che possa essere quella giusta.

Sospira come se dovesse lanciarsi da un dirupo e continua tutto d'un fiato: «Posso dirti solo che hai messo in discussione tutto il mio mondo. Da quando ti ho conosciuta non faccio altro che domandarmi chi sono stato e chi voglio essere davvero.

Sono completamente disarmato, non sono più capace neanche di fare un passo senza di te e questo mi spaventa a morte». Fa una pausa e poi riprende: «Sono sincero Becca, e sono perdutamente innamorato di te».

Ascolto e quasi mi manca il respiro, nessuno mi ha mai parlato in questo modo.

Poi Davide si avvicina e mi prende la mano. Nota che ho ancora la sua piccola stella luminosa al polso e le sue labbra si spiegano in un sorriso dolce.

«Dammi un'altra possibilità», mi chiede.

Guardo i suoi occhi profondi carichi di lacrime, è sempre strano vedere un ragazzo commuoversi. Quegli occhi che mi hanno sempre trasmesso tutto il mondo che era dentro di lui, un mondo inesplorato e profondo che voglio conoscere, quegli occhi carichi di amore e speranza.

D'istinto tolgo la collanina con il mezzo cuore, gliela metto al centro della mano e gli dico: «Abbine cura».

Davide guarda la collanina, se la porta alle labbra e la bacia, la indossa, poi si alza e io lo imito. Mi avvolge in un tenero abbraccio e mi bacia.

Sento il rumore delle chiavi aprire la porta.

«Finalmente! Non ce la facevamo più a origliare!», esclama Mia.

«In realtà tu origliavi, io avevo solo fame», risponde Marcello arrivandole alle spalle.

Davide e io ci voltiamo sorpresi, ma ancora stretti l'uno all'altra come se temessimo di staccarci. Mi avvio verso il tavolo tenendo Davide per mano.

Marcello e Mia raccolgono le buste e le posano sul tavolo.

«Hai visto che avevo ragione, ero sicura che avrebbe aperto la porta pensando che fossimo noi», dice Mia con aria di chi la sa lunga.

«Questa volta devo dire che sei stata veramente geniale», esclama Marcello.

«Allora possiamo dire che tutto è risolto a questo punto?», chiede Mia con aria di soddisfazione.

«Direi proprio di sì», dico facendole l'occhiolino.

«Non credevo che qualcuno sarebbe riuscito a domare lo scapolo più ambito di Napoli», commenta Marcello in modo ironico.

Io e Davide ci scambiamo uno sguardo carico di affetto.

«Lei non mi ha domato», replica Davide. «Lei mi ha reso un uomo migliore, ha rivoluzionato la mia vita e mi ha spronato a renderla quella che ho sempre sognato che fosse».

Marcello prende un tovagliolo e finge di asciugarsi le lacrime.

«Stupido, smettila», gli intimo.

Mia si alza per riscaldare i ravioli al vapore e gli spaghetti di riso, impilo i piatti e mi avvio verso il lavello per aiutarla a dividere le pietanze.

Mi chiede del colloquio, gliene avevo accennato prima della cena di ieri sera, ma non avevamo avuto il tempo di discuterne.

«Scusate mi sono perso qualcosa?», interviene Marcello. «Con quale azienda hai un colloquio?»

«La Dreamcredit», rispondo.

«Chi ti ha chiamato, la Corvino?», si informa Davide.

Annuisco.

«È tosta, ma le piacerai. Solo un consiglio, non fare

commenti sulla sua voce profonda, si incazza come una iena».

«Me ne sono accorta, quando mi ha chiamata all'inizio non capivo se fosse un uomo o una donna. Seguirò il tuo consiglio», dico mentre poggio sul tavolo i piatti colmi di cibo.

Ridiamo e mangiamo, si è creato davvero un bel clima. Mi do un pizzico sulla gamba, non si sa mai, potrei stare ancora dormendo.

Dopo cena mettiamo il mio film preferito. Mi sento in paradiso. Siamo avvolti da un'atmosfera intima e familiare, ho al mio fianco l'uomo che amo e sto per realizzare il mio sogno lavorativo, cosa potrei chiedere di più?

Squilla il cellulare di Davide, mi giro e leggo sul display la scritta "Rosaria!!!". Prima che Davide possa prenderlo lo anticipo e mi allontano col suo telefono in mano.

«Che fai?», chiede lui sgomento mentre io digito un messaggio di congedo per Rosaria.

«Credo che non ti darà più fastidio d'ora in poi», gli comunico sicura di me ridandogli il cellulare. «Ha trovato una persona più folle di lei».

Davide scoppia a ridere.

«A parte gli scherzi», riprendo tornando al suo fianco, «voglio fidarmi di te, non controllerò mai più il tuo telefono, è una promessa».

«Grazie Becca per il tuo impegno, ma non ce n'è bisogno perché, anche se lo facessi, non troveresti nulla che non ti avrei già detto. Da oggi ti prometto di non nascondere nulla, anche se sono cose imbarazzanti che mi riguardano».

«Se sono davvero imbarazzanti, so che condividerle con tutti è una delle strade giuste per superarle», aggiunge ridendo Marcello.

«Smettila Marcello, non li vedi come sono sdolcinati, penso che andrò in camera a misurare la glicemia», ci sbeffeggia Mia.

Le lancio un cuscino in faccia e lei mi tira un pizzicotto.

È proprio vero cara mamma, tutto può succedere a chi sa aspettare.

Fine.

RINGRAZIAMENTI

A Felicia Kingsley senza il cui consiglio non sarei mai approdata all'Accademia della scrittura, grazie di aver risposto a una richiesta di una sconosciuta.

A Monique Scisci e la sua squadra che con pazienza, passione e professionalità hanno trasformato un'idea dallo stato embrionale in un vero e proprio romanzo. Grazie per quello che fate per noi aspiranti scrittori.

Ad maiora semper.

A Paola e Antonella, le mie compagne di scrivania, il cui incoraggiamento è stato determinante per la creazione del libro.

A Marcella, a Valeria e a Cristiana che ogni giorno mi hanno sopportato e supportato in questo viaggio meraviglioso.

A mia madre, a Cira, Alessia, Mariarita e tutte le donne della mia famiglia che grazie alle loro esperienze di vita mi spronano a seguire sempre i miei sogni.

Grazie a tutti i momenti felici e soprattutto a quelli di sconforto, quest'ultimi mi hanno dato la possibilità di trovare sempre strade nuove da percorrere.

Grazie soprattutto alla mia più grande passione, la scrittura. Grazie per essere stata la mia ancora di salvezza durante il covid.

Grazie di vero cuore a tutti quelli che leggeranno questo libro, grazie di avermi dedicato parte del vostro prezioso tempo, spero di avervi donato un po' di gioia, la stessa che la scrittura ha donato a me.

Ella

PLAYLIST

1. Un Amore da Favola – Giorgia
2. Tu sei lei – Ligabue
3. A sky full of stars – Coldplay
4. Girl on fire – Alicia Keys
5. La pioggia di marzo – Mina
6. Come una bussola – Serena Rossi
7. Bella così (prod. Big Fish) – Chadia Rodriguez feat Federica Carta
8. Lo so che finirà – Anna Tatangelo
9. Abbracciame – Andrea Sannino
10. M'Manc – Shablo, Geolier, Sfera Ebbasta
11. L'importante – Boomdabash feat Otto Ohm
12. Fantastica – Rocco Hunt, Boomdabash
13. Solo per te – Articolo 31
14. Piccole cose – AX & fedez feat Alessandra Amoroso
15. Vivere a Colori – Alessandra Amoroso
16. Comunque andare – Alessandra Amoroso
17. Dentro i tuoi occhi – Raf
18. Due – Raf
19. La mia felicità – Fabio Rovazzi
20. Non ti dico no – Boomdabash & Loredana Bertè
21. Ci sei sempre stata – Ligabue
22. Sexy tango – Fabio Concato
23. Per colpa tua – Noemi
24. Vuoto a Perdere – Noemi

25. Makumba – Carl Breve e Noemi
26. Margarita – Elodie, Marracash
27. Domani – Articolo 31
28. Malibù – Sangiovanni
29. Male – Rosario Miraggio
30. Chiaro di Luna – Jovanotti
31. Style & Fashion – Pa Salieu (feat. Obonjayar)
32. Soy Yo – Sing 2
33. Amore amaro – Gigi Finizio
34. Christmas (Baby please come Home) – Mariah Carey
35. Jingle Bell Rock – Bobby Helms
36. (I've had) The Time Of My Life – Bill Medley e Jennifer Warnes
37. Someone you Loved in italiano – Stefano Germanotta
38. Tran tran – Sfera Ebbasta
39. Oruguitas innamorate – Alvaro Soler
40. There's Nothing Holdin' Me Back – Sing 2

Printed in France by Amazon
Brétigny-sur-Orge, FR

17883678R00107